Rebentação

Renata Conde

Editora Quelônio

Aos seres do mar

Vandécio Sebastião Santana, o homem que anunciou a cura do mar brasileiro
Everton Miguel dos Anjos, a infância que carregou no corpo o óleo negro
Comunidade de Moreré, Cova da Onça e Quilombo de Monte Alegre
Boipeba /Bahia, protetores da beleza incapturável das águas azuis
Mara Dutra de Oliveira, mulher das águas que me batizaram
Dara de Oliveira, navegante de um futuro
Comunidade da Praia do Peres – Ubatuba,
a resistência do verde da mata,
cinturão da cidade

Aos seres do céu

Marina Ansanelli, jovem portadora do Universo

Amélia Hamburger, a mulher que ventou e trouxe o Céu à Terra

Tio Mario Selingardi, que tocou com as mãos tudo que o Brasil lançou no Espaço

Francisco Rímoli Conde, quem plantou em meus olhos a pergunta e a mania de nunca ceder da própria liberdade

Para Lorena. Sempre.

Sumário

Oceano

O médico me avisou sobre esse dia, os ossos se tornariam de vidro e se estilhaçariam feito areia, cortariam meus órgãos, facas miúdas encravadas na carne. Há alguns dias eu sangro por todos os orifícios. Desde a manhã tive três convulsões de tanta dor. Meus sons superaram a conversa dos grilos, o lamento das cigarras e as ameaças presas nos dentes dos saruês. Escuto de longe as preces das mulheres ajoelhadas na porta de casa, que suplicam a Deus pelo meu alívio. Dito e Joelma contornam meu corpo com gelo. A metástase, há muito tempo anunciada, finalmente se espalhou feito um invólucro mágico, uma cápsula, na qual entrei, e nada de mim escapou. Seria o ponto final, o médico advertiu.

Dito parou de me dar a mão porque não suporto nenhum toque. Ele e Joelma cantam enquanto me lavam com água quente. Ela banha minha nuca e testa. É suave; e este é o maior prazer que já experimentei. Quando fugi do tratamento, não temia o desgaste dos procedimentos. Buscava a expurgação dos pecados. Corri em direção à dor. O oncologista se assustou quando afirmei que não faria a radioterapia, nem a químio. Disse que eu era jovem, de corpo forte, que a tecnologia estava avançada, que eu teria muitas chances. Fiquei indignada: "Como, doutor? Você disse que já está em metástase, que tenho pouco tempo de vida, câncer de cólon é muito agressivo. Quer que eu me tranque em um hospital?", perguntei. Ele, então, descreveu como seriam meus últimos dias. Eu imploraria por morfina, atormentaria a todos que amava com urros de desespero. O hospital poderia me anestesiar. Tive medo da brancura asséptica das últimas horas. Revivi meu choro infantil, quando gritava até expelir todo o ar dos pulmões. Algo se fechava, e eu reagia com a boca aberta, a garganta arfando e nenhum movimento dentro dos brônquios. Minha irmã não acreditava, julgava que eu estava fazendo birra. Eu corria as vistas pela sala, tudo se embaçava de medo de nunca mais voltar a respirar. Gabriela dizia: "Não acredite, mamãe, é fingimento. Ela faz de tudo para conseguir o que quer". Hoje consigo ver como minha mãe ficava confusa, arranhava com as unhas o braço do sofá, não sabia o que fazer comigo. Como ficou tão distante, mãe? Foram tantas vezes. Quantos segundos duravam os meus ataques? Em quanto tempo ela viria e me daria um tapa nas costas? Ou um abraço? Não, doutor, não posso morrer sem falar. Mas vou poupar os meus.

—

Há poucos dias, ao acordar, encontrei meu namorado sentado perto de mim. Dito brincava com o lençol entre as mãos. Fiquei contente com sua presença e com a agilidade dos dedos, que ganhavam velocidade no ir e vir do tecido, fazendo-o parecer cada vez mais longo, à maneira dos panos que os mágicos tiram das mangas do paletó. Dei-lhe um beijo na nuca, e ele passou a amassar o lençol do mesmo modo que se amacia o pão, movendo todo o corpo nesse esforço. Levantei e vi a mancha vermelha sendo acariciada. Perdi sangue enquanto dormia, e Dito me flagrou. Ajoelhei e beijei suas mãos. Contei-lhe tudo. Ele promove isso em mim, um descanso dos segredos. Sempre quieto, à espera do momento em que minha boca se torne um olho-d'água e dela nasçam palavras. Ele me oferece tempo. Essa sua insistência costurou entre nós uma teia de cumplicidade. Na ocasião da descoberta, não questionou por que eu não havia contado ainda, nem quis me levar para a cidade. Apenas perguntou: "Como você quer que seja?".

Agora ele e Quinho enchem uma canoa com gelo e pétalas de flores, vão me levar para o mar, no anoitecer. Hoje é noite de lua cheia. A linguagem tornou-se reza e música. Joelma lava meus pés com água quente enquanto descanso sobre a cama. No calor e frio cuidam para que eu sinta alívio e prazer. Ela se parece com

Jesus, a escaldar os pés dos moribundos. O pelo grosso no buço parece a fonte de sua força. A cor dela é dourada como a do filho. Esmaga flores com o pilão. Às vezes, põe uma mão sobre os olhos e com a outra percorre meu corpo sem tocá-lo – é a visita da Tia Rosa. Profere em voz baixa desejos de uma boa morte.

Dito e Quinho contornam meu corpo com uma canga. Fazem de mim um charutinho, recolhem meus pedaços e amarram em uma trouxa firme. Estou envolvida por uma cápsula, sinto meu esqueleto do lado de fora. Não sinto dor. Me colocam na canoa. Entram mais dois homens e os quatro me erguem sobre os ombros e caminham até o mar.

O Sol se põe nas costas da ilha. Deste lado tinge o céu com amarelo, rosa e vermelho. A atmosfera, o ar que me falta desde pequena, é uma massa azul, que todos os dias é rasgada pelo Sol. Os satélites de meu pai estão para sempre perto de mim. Não falo com minha família há quase um ano. O câncer começou no cólon, tenho intestino preso desde que meu pai quebrou meu braço depois de me bater com o cinto. Pela janela eu avistava o céu estrelado, e a cada vez que o cinto cortava minha pele, eu contava uma estrela. Até o sete, gritei. A partir do oito, tive pena dele, a bater em uma criança quieta. Seus olhos pareciam escapar da órbita – tinha sido expulso do programa espacial, seu projeto de vida, no mesmo dia em que despedacei todos os seus livros. Me fiz traça e comi as páginas dos cartapácios que guardava nas estantes. Não qualquer animal, tornei-me o bicho que infernizava o escritório de meu avô e depois de meu pai. Pegar uma obra das prateleiras do velho era quase sempre encontrar esculturas de papel emolduradas em capas duras. Os insetos se esbaldavam, era possível ouvir arrotos de satisfação. Devoravam tudo e os livros passavam a contar histórias infantis em relevo, com imagens que saltavam para fora da página, vales e montanhas, encruzilhadas e espirais. Fiz das folhas borboletas, construí sulcos nas lombadas, percorri romances inteiros roendo linhas, me alimentando de capítulos. Foi um banquete. Me empanturrei de letras, e todo papel deixou de ser quadrado. Pai, quando a Gabi nasceu você foi capaz de amar alguém. Ela era um bebê, cheia de cuidados e sorrisos. Você me esquecia na escola. Era ríspido, distante, amargo. Eu fui a gravidez seguinte à do filho perdido. Eu fui a frustração, e Gabriela, a surpresa. A mamãe, pai, por favor, cuide dela.

O céu cor-de-rosa, as famílias entram nos botes, Dito empurra o barquinho. Ele sabe nadar, é um peixe bonito. Escorrega pela água. Estica o braço e me retira da canoa. Acompanho este cuidado, sou um passarinho ferido que se debate em suas mãos. Quinho e Joelma ajudam e os três me deitam na água. Têm reverência pela minha existência, querem dar consolo aos aflitos. Devagar desenrolam a canga que me envolve, enquanto Joelma reza e despeja sobre mim o líquido das plantas que pilou. Minha pele há algum tempo é insuficiente para conter o que falece dentro de mim. A secura racha feito terra do sertão e das fissuras brota o sangue, que tinge o lençol como o crepúsculo. O mar fica vermelho. Estou flutuando e não sinto dor. Dito enrola seus dedos em meu cabelo.

"Te amo."

Eu buscava a dor quando fugi do tratamento, vocês me curaram. Corri em direção à punição e vocês me perdoaram. A minha mãe, quando terá paz? Meu pai, Dito, eu posso estar viva ou morta para ele. Eu sou o intervalo em seu princípio de incerteza. Sou seu gato de Schrödinger, à espera da medição que me fará colapsar para um dos dois destinos. Os dedos de Dito ainda envolvidos em meus fios, do mesmo modo que estavam no dia em que me explicou a ciência da pesca e eu lhe falei sobre a ciência do *quantum*. Nós queríamos misturar nossas vidas um com o outro, ele queria me contar tudo o que era ser um pescador, e eu lhe tentava dizer o que era a vida de uma física. Vivíamos o passado como se fosse um futuro, na ânsia de trazer a vida inteira para doar ao outro e passarmos a ser em uníssono. Ele ficou impressionado com a ideia de se fazer um experimento com um gato. Riu, dizendo: "Gato tem nome, vive na casa da gente. Como é que colocaram em uma caixa?". Ao que respondi: "É só uma imagem, nunca aconteceu". Dito me olhava intrigado: "É uma história, então? Vários cientistas assistindo uma caixa e apostando se o gato está vivo ou morto?". Os sustos dele me faziam refletir. "Não estão apostando. Ninguém ganha no final. É uma representação da impossibilidade de conhecer o instante de transição entre a vida e a morte. O gato dentro da caixa fechada é inacessível a quem está fora dela. Ninguém sabe se ele está morto ou vivo até alguém abri-la e verificar. Estamos o tempo todo morrendo e renascendo, mas, em algum momento neste cruzamento, a morte torna-se majoritária, e a vida ainda luta para recuperar sua predominância. O mistério é identificar o ponto em que a morte se torna dominante e a vida residual. Neste intervalo, do tamanho de um *quantum*, há a coexistência de estados, mas, a qualquer movimento, o instante colapsa para um dos dois." Quando meu pai me apresentou a Mecânica Quântica, não entendi que era sua forma de arrependimento. A probabilidade aplicada à matéria. Eu estou morrendo e não estou. Dito, diga a meus pais que eu os perdoo e peça desculpas. Diga, diga a Gabriela, que sempre a amei. E a Clara e Elis, dê a elas tudo o que fui. Minha voz não sai, mas ele me escuta. Sabe os meus endereços, conhece meus remorsos. Meu pai dizia que a humanidade não viveria sem o tempo. Ele é relativo, mas não sem vigor. "Filha, conseguimos ver o existir e o não-existir da mesma partícula. E por que não vemos isso na nossa vida? Não somos deuses. Não somos apenas matéria. Somos feitos uns dos outros. Morremos." Eu não estou morta e viva para ele. Eu estou viva, e ele não sabe. Estou morrendo e neste instante sou tudo. Porque tudo seguirá existindo. Inclusive eu. Anoiteceu.

"Nádia, estão todos aqui."

Estamos rodeados por barcos de pescadores, que vêm me acompanhar na morte. A superfície do mar está prateada, metálica. No horizonte, avisto o início amarelo e redondo do nascimento da Lua. É rápido como a maré. A correnteza nos leva, os barcos ao nosso redor e nós, no centro, somos embalados e sugados pela Lua, que atrai as águas como se puxasse a toalha de mesa para o abismo.

Dito chora. A Lua corre céu acima, arroxeando a noite e, meu Deus, ele está em prantos. Eu choro, finalmente. As canções e as preces estancam. Consigo abraçá-lo. Não está doendo, nadamos juntos, do jeito de nosso primeiro beijo. Escuto a lamúria crescer e vejo, estão todos soluçando. Nossas lágrimas, água e sal, estão fazendo nascer o mar.

Vento

A minha primeira morte usava um casaco apoiado sobre os ombros, sem vestir os braços. Era minha tia de cotovelos cruzados com os de mamãe, que se despedia em um passeio pela praça em frente à sua casa. Eu tinha quatro anos de idade e as acompanhava na altura dos quadris. Meu olhar se perdia nos bancos de concreto e na grama verde e úmida. Os passos das duas eram lentos e a atenção de cada uma estava imersa na outra. Eu conquistava a liberdade de correr entre as árvores, mas a saudade que nascia entre elas me ensinava algo sobre a tristeza. Falamos baixo se falamos da morte.

A minha segunda morte agarrava um isqueiro e um terço entre os dedos, escondidos no último aperto de mão. Com oito anos, eu espiava pela porta entreaberta do quarto. Meu tio pediu à vovó que rezasse com ele, pois sentiu medo de partir. Ela o abençoou, ele pediu perdão. Ela lhe concedeu, como faria um padre. Ela chorou, ele a consolou. Rezaram juntos as ave-marias nesse sussurro que invoca o silêncio do fim. Sua mão tombou e se abriu, deixando cair o isqueiro e escorregar o terço. Meu pai, sentado no sofá ao meu lado, balançava os pés, que chutavam uma angústia disforme pelo arrependimento, explícito por não ter sido chamado ao quarto. Escutei o choro baixo e agudo de minha avó, minha tia sacudindo os lençóis, gerando vento para a alma do pobre subir, e meu pai se levantando. Abriu a porta e pegou o isqueiro do chão. Meu tio morreu de câncer de pulmão no mesmo dia em que meu pai começou a fumar.

A minha terceira morte nunca morreu. Tem o som de uma revoada de pombos urbanos, cinzentos e sujos. Eles voam em bando e arrulham com seu grugrugru infectado, os papos cheios de doenças e as asas a bater, espalhando ácaros contagiosos sobre meus cabelos longos e desesperados. Tinha quatorze anos e conversava no jardim da casa de minha avó com Dulce e Manu, enquanto meu pai se esforçava para arrancar as ervas daninhas espalhadas pelo mato. Não pedia ajuda, guardava para si todo o prazer de deixar correr em direção à terra a raiva liberada no movimento de cortar o mal pela raiz.

Um carro se aproximou devagar. Parou e baixou os vidros: "Vocês estão sabendo da Tia Rosa?". Não tive tempo de perceber como, mas eu e meu pai chegamos juntos à janela e logo respondi: "Sim, ela está internada no hospital, e...", meu pai fez um gesto para que eu me calasse porque viu que o motorista olhava para baixo. Neste intervalo, levou a segunda mão ao volante e o agarrou com os dedos: "Ela faleceu nesta manhã". A revoada de pombos alçou voo arrulhando, acinzentando o dia, eu corri para dentro de casa, "mãe, Mãe, MÃE!". O corredor era longo e frio, a minha mãe estava no quintal, onde gostava de pintar. Os pombos tomaram meu corpo, pousaram em meus braços, enrolaram-se nos cabelos, bicaram os olhos, tamparam minhas narinas. Eu corri tentando me desvencilhar desse enxame e um deles entrou por minha boca, me invadiu com um corpo flácido, coberto de penas sujas e secas. a Tia Rosa era vizinha de vovó desde que nasci. Sua casa era sempre aberta e cheia de amigos. Eu gostava da cadeira de três pernas que ficava atrás da porta de entrada. Era baixinha, feita para mim desde pequena. O equilíbrio perfeito: "A trindade nunca cai", dizia. Três pontos definem um plano. Em frente a ela havia uma carranca assustadora. Olhos compridos, boca escancarada e vermelha, dentes pontiagudos me encarava como se fosse gente. Por toda a casa da Tia Rosa havia carrancas de formatos diversos – grandes esculturas entalhadas na madeira, pequenas obras em pedras. Eu me sentia em companhia com elas. "Mãe, Mãe!", ela estava entre os lençóis estendidos no varal, em busca de uma boa iluminação para trabalhar em seus quadros. Sentava-se em um banquinho redondo, de quatro pernas, e erguia na altura do olhar uma pequena tela. Com a outra mão, movimentava em curvas um pincel. "Mãe, MÃE. A Tia Rosa morreu." Abaixou os dois braços.

"Ai".

Olhou para baixo.

"Como?"

E, então, percebi: "Eu não sei".

A Tia Rosa me curava. Quando criança, tinha muita dor de crescimento. Chorava com dor nos ossos e minha mãe me levava à sua casa. Ela me recebia em um quartinho afastado, à meia-luz. Lá também tinha uma cadeirinha de três pernas, na qual eu me sentava, e ela ficava na minha frente, em um banco como o de mamãe. Colocava uma mão em cima dos olhos e a outra sobre minha perninha, que apoiava em seus joelhos. Falava por horas com uma voz sussurrante, em uma língua irreconhecível. Eu ficava quietinha, quietinha. Observando as ervas na mesa ao seu lado, o pilão de madeira, as carrancas, os cheiros. A dor era quente e contínua, ia se descriando, tornando-se invisível, insentível. Corri de volta para a porta da casa para perguntar a meu pai como Tia Rosa havia morrido. Encontrei Dulce e Manu no caminho, que perguntaram: "O que aconteceu? Você de repente saiu correndo, gritando 'Mãe!'. Foi estranho." Paramos frente a frente. Tudo se movimentava veloz dentro de mim, parar de correr fez com que o que circulava debaixo de minha pele perdesse a sintonia com o ambiente externo, meus sentimentos se derramaram como a água de um copo carregado por alguém que pisa no freio subitamente. Tudo ficou molhado. No chão, uma poça solitária tremeluzia. Aos poucos, a imagem de minhas amigas foi se configurando e voltei a me dar conta da presença delas. Um obstáculo de uma corrida de cavalos, e eu – cavala – precisava ultrapassá-las. Antes que conseguisse, Dulce notou: "Você está vermelha". Desviei delas, com vontade de chorar, percebendo que isso era a morte. Topei com meu pai na porta: "Como a Tia Rosa morreu?". "De piolho de pombo". A revoada voou baixo e despejou sobre nós seus bichos minúsculos, que se procriavam e multiplicavam a cada batida de asas. Os piolhos entraram por meus poros todos abertos, da pele em carne viva. Minhas unhas me coçaram no peito. "Tinha acabado de curar um câncer e fez uma cirurgia plástica. Não sobreviveu quando pegou piolho de pombo." Eles me levaram junto, me ergueram por suas garras, bicaram meu rosto e pescoço, e me abandonaram junto àquela infecção. Ela me chamava de Venquinha. Porque me julgava tão magrinha que poderia ser levada por um "ventinho".

Nosso corpo se esconde de nós mesmos atrás da pele e da dor. Morrerei sem nunca conhecer meus ossos ou fígado. Rasgar a pele e me pegar em minhas próprias mãos é uma impossibilidade. Os exames, as ressonâncias, ultrassons, raios-x: a insistência em tirar uma fotografia do nosso lado de dentro. Se ultrapassamos a associação imediata entre sangue e morte, só encontramos beleza. Tia Rosa tomou anestesia geral e retirou um tumor maligno da mama. Enquanto dormia, um cirurgião enfiou dentro dela uma câmera e uma sonda. Olhando para uma televisão, sugou uma massa esponjosa que formava um caroço no seio. O nódulo, tão pequeno, foi guardado em um recipiente propício e encaminhado para a biópsia. Um pedaço de dentro dela estava sob as lentes microscópicas de um hospital. Com o recurso da pigmentação artificial e da ampliação de imagem, profissionais viram um quadro impressionista, o retrato de banhistas próximos a uma cachoeira rodeada de mata verde com flores vermelhas. A foto do câncer de tia Rosa era o que se pode apreender desta cena com os olhos fechados em um dia de muito Sol. Quando viu o resultado – maligno –, me segredou: "O câncer é bonito, minha querida. É uma pena que mate. É uma tatuagem envenenada."

Onda

Meus pés se afundavam até o tornozelo nas ruas de areia branca. Minha mala era consumida em inúteis rodinhas. As dobras dos dedos e o intervalo entre os dentes, preenchidos com cristais arenosos. Nos cílios, pousavam partículas deste chão ao vento. A garganta seca mascava o engasgue. Ao meu lado, casinhas com redes de pescadores descansando para a partida. O cheiro de peixe corria ao encontro do sal. Ao longe espreitava um azul que ardia. Era radical. Firme como um destino.

O azul tinge o céu por ser a cor que mais se espalha do espectro luminoso que nos envia o Sol. É a cor que mais interage com as moléculas de ar e água, porque tem o menor comprimento de onda, sendo assim, é a que mais muda de trajetória quando se choca com matéria. É a que mais se embaraça com as moléculas, a que mais vai ficando pelo caminho por causa dos encontros. A linha mais fina que compõe a tela do cosmo, a cor que costura a atmosfera. Gosto de como toda distância é azul. Estacionei os pés debaixo da sombra e contemplei a luz. A brisa fez correr os brilhos entre as folhas, que em seguida brincaram, tornaram-

-se gotas de chuva seca. Ousei encarar o Sol e pisquei para enxergar o vermelho debaixo das pálpebras. Quis pegar com as mãos as cores. No laboratório, costumava experimentá-las, dissecá-las como um bicho. Busquei o sangue da luz.

Tornei a mexer as pernas. Caminhava em terra estranha, seguia em linha reta, em direção ao som do mar, que fugia dos meus olhos, mas se anunciava aos ouvidos. Havia uma comunidade que lhe tampava com vielas e casas. Foi quando, no intervalo entre essas moradias, vi uma bola correndo, atravessando o perímetro de cada terreno, saltando aos olhos com a alegria violenta de um espirro. Atrás da bola, ele.

Notei que o amava pelo calor do meu rosto. Os seus pés abusadamente abertos me causavam leveza. Seus passos eram dança, sapateado de pés descalços. Dito deu nome a todas as minhas tristezas.

Todo medo é medo da morte. Quando pequena, gostava de sentir as ondas do mar quebrarem em cima de mim. As águas me surpreendiam, me derrubavam, me rendiam em oferenda à natureza. Eu me via feito alga, jogada em movimentos circulares com a batida de um tambor urgente. Quando insurgia com a cabeça acima do nível do mar, experienciava alívio por estar viva e alegria por ter sido tocada por tamanha potência. Desaprendi a nadar quando vivi a solidão na luta contra a ondulação no oceano. Aceitei o convite de conhecidos para uma festa de Ano-Novo em um barco. Cansada do insulamento, resolvi ir até a ilha próxima. Flutuei sob o sol, a distância média entre embarcação e terra. Encarei o céu e o som abafado dos motores. Cega e úmida, entregue à textura salgada que me acolhia. A correnteza me levou para a praia, e acordei sendo cuspida por uma onda que me lançou para o fundo. Retornei à superfície, e quando outra onda me afundou tentei me debater para permanecer no alto, prendi a respiração, mas aspirei água, o que fechou minha garganta, tossi, respirei de baixo d'água e meu pulmão foi encharcado. Não conseguia sair daquele ponto, onde era seguidamente derrubada, me vi presa em um rodamoinho, uma mosca em teia de aranha. Espreitei meu predador, que se alimentaria de minha carne sem precisar dos nutrientes que portava. Em desespero, agitei a mão para cima, recuperando os ensinamentos dos salva-vidas. Um bote me alcançou e um homem de colete vermelho estendeu uma prancha para me resgatar do umbigo do caos. Não sei ao certo o que fez para que eu sobrevivesse. Fui devolvida ao barco de onde parti, sem que tivessem perguntado por mim. Fiquei apavorada e prometi que nunca mais me colocaria naquela situação. Enquanto enfrentava o afogamento, acompanhava ao longe o som alto do grupo de onde saí. Risadas vazias e música ruim. Me vi solitária e em perigo, e esses sentimentos teceram minha covardia. Toquei a morte e ela tingiu meu medo.

Quando recebi o diagnóstico de câncer, escutei o som do carimbo batendo: atestado de óbito.

Cheguei em junho, tempo de festas e férias dos moradores. Estavam se reunindo para organizar as comemorações. Talvez trinta pessoas, jovens, adultos e idosos, de uma comunidade de trezentos habitantes. Observei a barraca de onde algumas pessoas saíam com cadeiras para levar à assembleia debaixo da mangueira, em frente à pobre igrejinha, sempre fechada. Escutei o nome da mulher que emprestava os assentos: Fátima. Sentava-se em um tamborete e encaixava entre as pernas abertas um banco vazado. Logo tirou uma corda de sisal de dentro de uma sacola de palha e deu um nó na quina do encosto furado. Fazia a trama de uma cadeira de corda. Ralhou com o menino que pegou um banco sem pedir: "Esse não, João!". Depois esticou o fio até o outro lado do assento, deu a volta por cima e retornou em direção ao ponto de partida. Acenou com a cabeça ao senhor elegante a quem cedeu uma poltrona de madeira: "Leve esta aqui, Seu Pedro. Peça a Quinho para carregar". Voltou a manejar a corda no ir e vir de um lado a outro, enquanto acolhia os pedidos por um lugar para se sentar. "Boa tarde, Jussara, como vai, Juscelino, e Guto como está?" Apertava os nós e avaliava o andamento de seu trabalho. Quem eram todas aquelas pessoas?

Acompanhei o movimento do povoado, o ajuntamento em roda para discutir uma situação. Encontrei dança em seus gestos, mãos erguidas e tocadas, acenos de cabeça, joelhos que se dobram, quadris ao chão, solas do pé descoladas do solo, apoiadas em tocos de madeira. Quem portava as pupilas miúdas pelo excesso de sol? E de quem era aquela voz que falava pelo pescoço, ruminando opiniões? De quem a pressa nos pés da criança? O chinelo fino, o cabelo que guarda os ventos dentro de si, a barriga frouxa, os dentes ralos, a pinta no globo ocular, o buço cheio, as pernas firmes, a bolsa seca, o queixo rachado, os joelhos pontiagudos, os quadris bailarinos, o nariz que chora, os pés que gostam mais do céu do que da terra, os tornozelos tomados por areia, orelhas escondidas pelas mãos, de quem são?

Eram herdeiros dos povos indígenas e negros, sobreviventes de uma terra desolada, guardiões de uma praia clandestina. Levei três dias para chegar ali, saindo de São Paulo. Quando dei com a cara na porta da pousada, Joelma veio falar comigo. Perguntou quanto tempo queria ficar e por quê. Respondi que ficaria para sempre, se eles permitissem. O seu olhar era cansado e amarelo, sem pudor. Lembrou-se da segunda pergunta: "E por quê? Por que aqui?".

Quando saí de São Paulo, estava apavorada, com o coração preso, do tamanho de uma pedra recolhida no jardim por uma criança. Não bastasse a notícia que o médico tinha me dado, recebi uma ligação de minha irmã. Meu pai não conseguiria. Fui visitá-los. Mamãe fingia que nada tinha acontecido, mas seus passos estavam mais acelerados que o de costume. Em seu peito, balançavam juntos todos os seus colares. E ela varria o chão. Vestia calça, blusa e casaco azuis. O conjunto de suas correntinhas, com o movimento dos braços levando a vassoura de um lado para o outro, compunha um chocalho. Ninguém nunca falaria nada sobre aquilo. Um dos pingentes era a santinha reluzente. Minha mãe tinha uma relação íntima com Nossa Senhora, gostava de sua pequenez, de sua glória ter sido ser Mãe de deus. Havia flores também. Pela casa, no pescoço, no cabelo, nos desenhos. Ela gostava da beleza, que reconhecia com distração. Em nossos passeios, apontava o formato de duas árvores que pareciam construir um coração. Cutucava-me para me fazer notar a projeção do abajur no teto e me deixava girar o lustre para ver dançar as luzes. Tudo era belo para ela. Só precisava do silêncio para ser percebido. Tinha uma lupa no olhar. Aqueles colares em movimento pareciam barcos navegando em seu azul.

"Pai, agora que já passou minha defesa, vou passar um tempo viajando."

Ele fumava quando não sabia o que dizer. Há um tempo, acendia um cigarro após o outro. Mamãe varria o chão, papai fumava, Gabi falava: "A mãe da Josi também tem Alzheimer, encontraram uma clínica ótima, ela assina uma revista, já existem casos de cura, não estou dizendo para internar mamãe" – abaixou a voz para pronunciar a palavra proibida, internação – "mas podemos contratar cuidadoras, e avaliar todas as opções". Suas palavras tinham o mesmo efeito que a nicotina para papai, um botão para apertar nos momentos de angústia, sons que saíam da boca feito fumaça, produzindo figuras, anéis, "dizem que o óleo de cannabis tem bons efeitos, mas antes devemos fazer a ressonância magnética, é um diagnóstico difícil, é preciso descartar outras doenças neurológicas", a fumaça perdeu a forma, saía em blocos espessos, "em última instância o diagnóstico é sempre clínico, não há como fotografar as sinapses, existem alguns joguinhos de lógica que ajudam, sudoku, palavras cruzadas, e o caderninho, ela deve fazer um diário", estávamos submersos na névoa cinza de cigarro e medo, "é sempre demência senil, o envelhecimento do cérebro, tudo envelhece, não é? É a flacidez dos neurônios". Repeti para papai: "Eu vou passar um tempo viajando", e aceitei a neblina produzida por seus pulmões como um consentimento.

As correntes de minha mãe começaram a me enforcar. A vassoura arranhava o chão em um vaivém descontrolado. Meu pai seguia fumando. Gabriela precisava ir embora para buscar Elis e Clara na escolinha. Peguei uma carona e avistei o álbum de fotos do banco de trás. "É para me inspirar e montar o das meninas."

Os colares tinham se tornado serpentes e corriam pelas janelas do prédio. Infiltraram-se no carro de minha irmã. Meu peito arfava. "Gabi, também preciso te contar uma coisa." As cobras amarraram meus braços ao banco do carro e me amordaçaram. "Meu bem, meu bem. Vamos cuidar dela, ouviu? Não fique assim." Eu escutava sua voz de dentro d'água, suas palavras me atingiam distorcidas e abafadas. Seus olhos insistiam para eu acreditar que ela nos protegeria, ela nos salvaria, "eu prometo, mamãe vai ficar bem", uma cobra entrou por minha garganta e começou a me comer por dentro. Gabi abriu o álbum e arrancou uma foto: "Veja, é você no mar pela primeira vez. Você, mamãe e papai. Eu nem tinha nascido ainda". As serpentes fugiram, como se o mar lhes assombrasse. Decidi vir para cá.

Respondi a Joelma: "Eu conheci o mar aqui. Por isso precisei voltar".

É impossível morrer em primeira pessoa. A morte segue sendo o paradoxo da teoria da relatividade, o furo do mito do eterno retorno, da teoria do tempo cíclico. A morte é o fruto proibido arrancado dos deuses, que nos invejaram em sua enfadonha eternidade. Morrer fundou a história. Perecer é uma conquista humana.

Teia

Naquele dia, Elis viu um passarinho. Encontrou o pequeno ser alado pousado na calçada. Ele entortou o pescoço e ela retribuiu. Conversavam? Abaixou-se, querendo ser menor do que já era. O bichinho agitou as asas e a pequena sacudiu os braços. Ele piou e ela riu. Voou ao redor da menina e ela girou em volta de si. Cantaram juntos, ele subindo cada vez mais alto e ela erguendo as mãos, esticando os braços. Foi-se embora o pássaro, e a criança deu semipulos de êxtase. O dedo acompanhava o animal, e Elis chamava a todos nós para viver com ela a alegria. O seu coração estava inundado, dos ossos até a pele, tudo vibrava, dobrava os joelhos e o esticava com rapidez, num quase salto possível a alguém de dois anos de idade. O voo se imprimiu dentro dela, em suas veias corria um sangue alado, com asas miúdas, os seus pés e braços sacudiam-se em direções diversas e sua boca movia-se em uma caça aos sons. Queria contar que brincou com um passarinho.

Seu pai chegou e ela usou tudo o que tinha para transmitir a ele que um animalzinho marrom voou ao seu redor. Batia os braços e em seguida os erguia, subindo na ponta dos pés e corria, corria, com a boca puxando ar e assoprando, começou a pronunciar "f...", indignada com a vida revelada só para ela mesma, insistia "ff...", dentes e lábios se misturando, com os círculos feitos pelos pés, cheia de alegria e revolta falou: "foo". O passarinho voou.

Elis estava aprendendo a falar, e sua brincadeira preferida era descobrir palavras. Clara foi buscar brinquedos e a mais nova correu para o meu colo. Talvez tenha percebido que eu também não tinha as palavras para dizer o que sentia. Com a pequena nos braços, caminhei pela casa dando nome aos objetos, ao que ela repetia e ria. Paramos em frente a um quadro que continha uma procissão. Ao fundo, uma árvore, que Elis nomeou "fo", flor, floresta, tudo o que era verde era assim denominado. Comemorei com ela e dei um beijo em seu rosto. Tomamos distância, dando um passo para trás, e ela apontou mais uma vez para a imagem. Com a voz terna a que somos convocados a produzir para nos comunicar com as crianças, concordei com a sua admiração e disse: "Bonito". Ela repetiu: "Bonito". Apontei novamente, e ela mais uma vez: "Bonito". Eu a sacudi no colo e falamos juntas "bonito". Estalei um beijo em sua bochecha, bonito.

A falta que sinto delas tem formato de dor. Um beliscão no fim dos dentes, contínuo, sempre presente, com o qual me acostumei. A entrada no reino da linguagem é um furo no abismo do ser. Elis me fez perceber a língua como uma teia de aranha que conecta a todos nós, um tecido leve e invisível que plana sobre o chão de pedras de nossas vidas. A cada palavra que conseguia dizer, comemorava o encontro com o outro. Era capaz de se aproximar de mais alguém, de entregar ao outro algo seu, o voo de um pássaro poderia ser transmitido para seu pai, que não testemunhara o momento. Descobrir que eu e ela, duas pessoas inteiras, diferentes, poderíamos olhar para o mesmo ponto e proferir juntas "bonito" era algo entusiasmante, um arrebatamento produzido como efeito do pulmão cheio de Deus. Os bichos se encontram e se tocam para verificar a existência um do outro, para produzir algum tipo de troca. Cachorros cheiram seus ânus mutuamente, fazem xixi como legado de sua passagem. Formigas cruzam antenas, deixam rastro por onde andam. Clara, em uma investigação do contato humano, disse certa vez: "Quando eu era bebê, conversava com as coisas encostando nelas. O tomatinho verde me dizia que não estava maduro, que se eu comesse ele, seria amargo...". Tentamos nos tocar com palavras, algo que permite o toque na ausência, e que nos liberta do imediato, nos habilita para sonhar o impossível, criar o que ainda não existe. A língua nos captura com a tenacidade da teia de aranha, da qual não somos capazes de escapar e na qual nos enrolamos cada vez mais, quanto mais longe tentamos ir. Somos aranhas lançando teias para amarrarmos uns aos outros e conseguir alimento e afeto.

Quantas palavras Elis já aprendeu desde que saí de São Paulo? E Clara, já alcançou o tempo em sua fala? Já adquiriu a capacidade de contar algo do passado, de construir uma história com começo, meio e fim? Amamos as crianças porque elas encarnam o que há de mais humano: a ininterrupta transformação de nós mesmos. Serei capaz de me transformar antes da morte? E se fugi para cá para me esconder das expectativas que supus terem para mim? Me acham forte e louca. Eu estava frágil. Mamãe perdeu a memória e me horrorizou. Perdeu a capacidade de se transformar. Restaria viva sem poder nunca me pedir desculpas. Eu queria que ela se arrependesse. Sempre julguei que ela teria que pagar pelo sofrimento do qual não me protegeu. Usei todos os intervalos de minha vida para exigir dela este acerto de contas. Só consegui começar a escrever com nove anos, apesar de ler desde os cinco. Repeti de ano duas vezes. Fui expulsa de três escolas. Com doze anos, fui pega roubando no shopping. Com catorze, fumando maconha no estacionamento do mesmo lugar. Com dezessete, mamãe descobriu lâminas debaixo do colchão, ergueu a manga do meu moletom e viu expostos os cortes do meu braço. Arrancou minha roupa e achou cicatrizes em todo corpo. Com vinte e um, fui internada porque arranquei quase todos os fios do meu cabelo. Faço análise desde os oito anos de idade e é como se eu já soubesse de tudo isso que relembro agora. Foi preciso temer a morte, amar sem medo, sentir saudades para ter a coragem de assumir que eu sempre soube que meus pais eram apenas crianças.

Oceano

O céu está negro, meu bem. Resiste ao dia que invadiu nossas noites através das lâmpadas. Sofre solitária a Lua, que cresce hoje o que cresce em semanas. Lua nova, crescente, cheia, minguante. Nasce, cresce, estoura, mingua. Nasce, cresce, realiza-se, envelhece. A Lua nunca morre. Dito! Eu estou aqui.

Caranguejo

Acho que foi ele quem começou. Um tio avô de meu pai. Chamado Domingo. Este nome me intrigava quando pequena. Era um dia da semana, como é que podia ser também gente? Parecia que o Domingo era da minha família, e haveria, então, a família do Sábado, da Quarta-feira e de todos os dias. Domingo descobriu um câncer. O câncer sempre existiu. É curioso, me parece algo tão moderno. Por muito tempo, acreditei que ele tinha nascido com a ressonância magnética.

Câncer significa caranguejo. Na Grécia, cortaram um tumor maligno ao meio e se depararam com veias esticadas por todos os lados, à semelhança dos pés do animal que anda de lado. Maligno se parece com maldoso. O mal dessa doença é a voracidade, algo que cresce sem limites. O resultado é um órgão distorcido e rasgado por estrias, pela velocidade de sua expansão. Essas linhas se parecem com o bicho que lhe doou o nome.

Tio Domingo voltou do médico e fez as malas. Ele também era médico. Seus irmãos, sobrinhos e pai, todos médicos. O jaleco branco era a farda e o estetoscópio, a arma daquele exército familiar. Morava com os pais, e a casa estava sempre cheia. Um dos poucos sobrados da cidade. Saiu do quarto de malas prontas ao mesmo tempo que seu pai, irmãos e irmãs invadiam a casa armados para lhe encurralar. Correu para a janela e subiu no parapeito: "Se alguém me obrigar a me tratar, eu pulo". Não era blefe. Tio Domingo escolheu não se tratar de um câncer recém-descoberto.

Viajou por um mês e depois voltou para descansar. Morreu no semestre seguinte. Gritou de dor, sua mãe lhe deu perfume para cheirar, o que lhe confortou. Dizem que foi sua revanche contra a medicina, profissão que lhe foi imposta. Falava que os médicos eram arrogantes, tratavam perguntas como respostas e não assumiam quando não sabiam algo. Por isso, causariam um sofrimento desnecessário. Tio Domingo respondia simplesmente que não se conhecia a cura para a morte e zombava dos nomes precoces inventados pelos médicos. "Já inventaram de tudo sobre essa doença... O câncer de mama era causado por um coágulo de leite em um duto mamário. Disseram também que o câncer era um veneno contagioso. Uma lepra má, ou que o rapé causava câncer no nariz. Ou ainda que limpar chaminés por muito tempo daria câncer." Tio Domingo conhecia todas essas histórias e se irritava: "Por que não tratam estas interpretações como perguntas? Por que publicam artigos anunciando descobertas, quando todas as letras são grafadas pela dúvida?".

Conta-se na família que meu tio morreu jovem. Causou desgosto ao pai, amante da medicina. Três gerações depois dele seguiram sofrendo a imposição do ofício. Mas quantos de nós não fugimos dos hospitais? A recusa do tratamento médico é minha forma de filiação.

Mamãe teme a morte, papai a investiga. Ela sempre foi regular com as consultas médicas, tratamentos preventivos, cuidados com a saúde. Ele, fumante, sedentário e, simplesmente, não vai ao médico. Meu pai finge estar saudável, sustentando o ressentimento herdado do tio. E mamãe... Parece encarar cada adoecimento como uma forma de preencher a vida, de ter assunto com os irmãos, de ocupar as horas do dia e ao final do ano anotar em uma tabela os pontos da vida e da morte e comemorar: vitória. Mamãe faz uso da religião, do misticismo e da medicina para encher o seu lado da tabela. Para ela, morrer seria falhar. Os almoços de domingo são preenchidos de relatórios médicos, resultados de exames. "Estamos todos bem." A precária forma de falar de sentimentos, falando de doenças. Depois assistem futebol e bebem cerveja para usar de novo o corpo como plataforma para os afetos. Talvez seja o dinheiro que ganharam ao longo da vida. Os sacrifícios que realizaram em nome dele. Afinal, qual seria o sentido de enriquecer se não fosse a ilusão de driblar a morte? Mamãe contava de uma tia rica que chegou a mais de cem anos de idade. "Nunca se descuidou", completava. Bebida e doce, com moderação. Exercícios físicos regulares. Check-ups completos todos os anos. Melhores médicos para cada questão. Acrescentou trinta anos de vida em sua tabelinha contra a morte. Mais ou menos trinta anos a mais que a média dos brasileiros.

Jabuticabas

Aluguei a casa de um dos filhos de Joelma. Ela me acompanhou até a porta e me apresentou o lugar. Disse que a moradia ao lado era a sua e estaria à disposição. "Nossa casa foi a primeira de bloco do povoado. Até pouco tempo atrás todas as moradias eram de barro. Nosso lar foi invadido pelo mar na beira da praia. Então viemos para trás e quando entrou um dinheirinho, erguemos essa." Abriu com velocidade e gentileza a porta de metal, sorriu apontando a claraboia da sala e disse que seu filho era jeitoso com os cuidados. O quarto-sala era limpo e iluminado, terminava em uma mesa de quatro banquinhos, todos de fórmica branca. Aproximei-me da toalha de plástico xadrez estampada com flores. "Atrás é a cozinha, tem geladeira e fogão. Do lado, o banheiro. A água é fria, mas o dia é sempre quente." Antes de sair, ela disse que pegaria as minhas roupas para lavar nas quintas-feiras, tinha máquina, "glória a Deus!". A energia elétrica chegara à comunidade há pouco mais de dez anos. Já do lado de fora avisou que tinha telefone em casa, para alguma emergência.

No mesmo dia, Seu Pedro me viu alcançando a praia no anoitecer. Acenou para que eu fosse embora e gritou: "Em dia de maré morta, as bolas de fogo aparecem". Comecei a sair, até que vi que ele andava na minha direção. Esperei. Contou: "Maré morta significa que a maré varia pouco, nem sobe, nem desce tanto. Quando a água fica calma, o céu fica com raiva. Bem de noite a gente vê nascendo do mar duas bolas de fogo. Elas crescem tanto que correm uma até a outra e explodem tudo no caminho. Se pegam alguém, vira cinza. Não se aproxime da água nesses dias, menina. Vá para casa". Não demorei por lá.

Seu Pedro era poeta. Não sabia ler, nem escrever, e era íntimo das palavras. Gostava delas, testava o sabor de cada uma e assoprava seus sons. Sacudia os ruídos dentro de um saco e esparramava pela mesa feito jogo de búzios. Descobria o futuro estudando a língua dentro da boca. Joelma contou que o sogro foi atrevido na luta que deu para os filhos estudarem. Não tinha escola na ilha quando nasceram. Juntou seus homens e arrancou da cidade alguns padres que passaram um tempo alfabetizando as crianças. Depois foram embora, levando uns meninos para o seminário. E deixaram Dona Ciça no lugar, a professora de todos.

Seu Pedro ficava vermelho de orgulho quando um turista dava a ele umas palavras grafadas em papel e seus meninos podiam ler aquilo. Mas foi o neto Dito o primeiro a perceber que aquela era a chave para o coração do velho. O garoto tomou gosto por copiar as letras e chamava aquilo de desenho, caprichando em cada curva. O avô sentia o coração bater feito barbatana pelo pequeno escritor. Toda vez que ia para a cidade trazia um livro novo para o neto. Ainda assim era pouco, o que dava calma ao menino para ler cada história. Dito tomou gosto pela leitura de tudo. Cresceu sendo chamado pela vizinhança para ler uma carta de longe que tinha chegado atrasada, uma ameaça de alguém mandando um pescador sair de sua terra, uma receita nova para as senhoras que viam a luz chegar e as contas que vieram junto com a eletricidade e internet. Dito se destacou entre as crianças de sua idade, mas viu as novas gerações correndo com as letras como se nascessem escrevendo. A sua geração foi a última que não sabia se iria ler antes de morrer. Dona Ciça também adotou o rapaz, levando o garoto para a biblioteca imaginária da escola. Disse a ele para construir com ela: "Peça aos turistas que tragam livros quando vierem. Lá na cidade as palavras se gastaram, parecem coisa chata. Aqui é que ainda são misteriosas".

Dito obedecia. Ler e escrever foi a marca que aprendeu a fazer na terra. Contava histórias, prestava atenção. Não cheguei a ler um texto seu. Mas vi o povo se juntando ao seu redor para ver que ele se lembrava dos causos do avô. Nas festas de junho, Dito tinha o seu momento. Era quando capinavam as roças para abrir espaço para a fogueira. Quem estivesse com a enxada ao seu lado iria escutar as magias de outros tempos. No fim da faxina testavam o fogo, repartiam a cachaça e silenciavam para ouvir o jovem.

Descobri isso muito devagar, apesar de Joelma ter me adiantado quando abriu a casa dele para mim. A mulher aprendeu o alfabeto pela luta do sogro. O filho, pelo amor do avô. Ninguém dizia em voz alta que ele era o escritor da comunidade. Mas todos lhe tratavam desse jeito. Ele mesmo não dividia isso com ninguém. Ainda assim, não era incomum encontrá-lo debaixo de uma árvore, com um livro na mão, mexendo a boca para testar a beleza dos sons. Para entender os textos, tornava os seus enigmas perguntas aos amigos. Aparecia dizendo: "O que você faria se estivesse sozinho numa cabana com neve?". Ou: "Se sentisse tanta raiva que matasse alguém e ainda assim sobrasse raiva dentro de você? O que diria para alguém que não sabe se está vivo ou morto?". E, dessa forma, nos surpreendia com a sua inusitada inquietação. Se não estivesse contando uma história ou indagando uma, estava em silêncio, escutando, aprendendo. Eram os seus modos.

Minha vizinha apareceu na mesma semana: "Meu filho vai para a cidade hoje. Vai mais ele?".

Eu consenti, pensando ser um passeio. Da mala de rodinha, que desfazia aos poucos, tirei biquíni, vestido, chapéu, bolsa de praia. Dentro desta, coloquei carteira e óculos. Poderia aproveitar para sacar algum dinheiro, ali poucos aceitavam cartão. Passei protetor solar e repelente. Peguei um dos banquinhos e o coloquei no jardim, onde me sentei para esperar o filho de Joelma. Lembrei de uma garrafa de água, voltei para buscar. O silêncio e o calor seguiam. Senti meu vestido desconfortável, soltei os botões e vi que já estava molhado de suor. Entrei para trocar por algo mais leve. Despejei toda a mala sobre a cama, vasculhei vestidos, calças – uma calça jeans! –, shorts, e "Ufa: acho que esta camisola não vai me sufocar". Do lado de fora mais uma vez, comecei a espremer pelinhos encravados de minha pele muito branca. Só me machuquei, e não extraí nada. As gotas de suor nasciam na minha nuca como olhos-d'água em ebulição, enrolavam-se nos cabelos novos e os transformavam em tentáculos de pequenas águas-vivas. Toalha. Faltava uma toalha, corri e busquei. Senti o peso da bolsa e mesmo assim quis pegar um livro. Foi curioso escolher os títulos para esta temporada.

O apartamento onde cresci era forrado por estantes de cor escura. Dificilmente os livros obedeciam a alguma ordem; eram públicos, expostos a todas as visitas. Muitos eram emprestados e nunca devolvidos, outros retirados e nunca lidos. As prateleiras mais baixas eram preenchidas pelos livros infantis – ideia de minha mãe, para que ficassem à altura das crianças. Crescemos nos apoiando naquelas vigas, derrubando os livros sobre nós. Roubando algum e levando para ler antes de dormir, mesmo antes de sabermos ler. O livro para mim era uma espécie de bicho de pelúcia que eu carregava sempre comigo. É claro, nem todos os livros eram permitidos. Havia os secretos, trancados no escritório de papai desde aquele dia.

Esse cômodo cheirava a mogno, verniz e cigarro. Era um pouco feio, vazio. Meu pai o considerava seu, mas nunca estava lá. Era uma demarcação de território na zona de guerra de nossa casa. Ali estava sua bandeira e ninguém poderia ocupar. Nem mesmo ele.

"Oi? Você é a Nádia?"

O cumprimento me atingiu feito o zumbido de um mosquito, que espantei com as mãos e senti se enrolar em meu cabelo suado. Era Dito, o filho de Joelma. Ele andava com as pernas abertas, os joelhos generosos, de modo que entre as coxas poderia carregar um cesto para aninhar o mundo. Nos pés usava um chinelo de sola mais fina que a pele, com as alças presas por clips. E no olhar, um sorriso, uma noite alegre, uma jabuticaba madura, suculenta, atraente. Sim, jabuticabas, seus olhos eram tão presentes que pareciam tomar meu corpo como essas frutas tomam o tronco das árvores. Multiplicaram-se e se apegaram a cada dobra, curva e ponta que eu revelava. Nos meus pelos encravados, cabelos úmidos, joelhos, seios, umbigo, tornozelo, mãos, calcanhar; em tudo o que eu expunha à sua frente, havia um olho seu. Aquele olho preto por inteiro, sem distinção entre pupila e íris. Uma coisa só. Uma bola de gude maciça e brilhante. Naquela pretidão absoluta havia um efeito luminoso, como se o escuro não fosse capaz de absorver toda a luz que atraísse e deixasse sobrar um pouco de encanto em formato de brilho. Seus olhos, além de serem muitos, eram sorridentes de um jeito malandro, tiravam sarro de mim, me fazendo objeto de piada e parceira de risadas. Me convidava a rir de mim mesma. Leveza. Chegou com aqueles olhos muito abertos. Peito aberto. Joelho aberto. Pés abertos. Ele era a abertura. O sorriso largo, com dentes brancos e jovens, com o queixo um pouco caído. Era ele, o rapaz que vi correndo atrás da bola.

Meus olhos correram para dentro dos seus, minha respiração se tornou a de alguém que ergue a cabeça para fora d'água na luta para sobreviver a um afogamento. Dito me olhava como uma abelha, um zangão, dono de treze mil omatídeos, os micro-olhos de um olho composto que corriam até mim, espalhando-se como jabuticabas. O olho. Um aparelho perfeito e delicado. Uma combinação de lentes que se sobrepõem e compõem umas às outras, onde todo e parte se unificam em algo maior do que a unidade. A refração sofrida pela luz quando entra em contato com o olho é de uma precisão absoluta. Cada lente se modifica em harmonia com as demais, como se tivessem uma inteligência própria e conjunta ao mesmo tempo. É tão sensível que o toque é sentido de imediato como dor.

Em contraste com a pele, que percebe como prazer o contato mais leve e como dor o mais bruto, deleita-se com a vibração de uma carícia e sofre com um cutucão ou arranhão, o olho apenas padece. Todas as nossas cavidades são recobertas por membranas mucosas, os pontos de intersecção entre interior e exterior, os nós, as costuras do tecido do lado de dentro com o lado de fora, vagina, boca, narina, ouvidos, ânus: são pontos de prazer. O olho tem em comum o tecido linfoide, mas dói. Parece que a captação da luz é uma atividade tão fina que, para realizá-la, é necessária uma ferramenta frágil e rigorosa. Um filho marsupial do corpo, guardado na bolsa das pálpebras. Tornou-se o pai da existência humana, o rei de nossos sentidos, responsável por setenta por cento da nossa apreensão de mundo e dominante em nossos sonhos. A imagem é a coisa mais sutil que podemos apreender. A beleza é o prazer fruído pelo olhar, singular pelo incapturável do objeto, que se realiza somente pela contemplação.

"Nádia?"

Ele ria manso de minha concentração.

Oceano

Eu não fui embora.

No balé, aprendemos a saltar sem peso. Controlamos a força da gravidade com a tonificação dos corpos. Voamos aos céus e voltamos ao chão sem produzir ruído algum. Estou parada neste instante, no meio do salto. Seguro na morte a gravidade do corpo. Flutuo sobre as águas. Seus dedos são a força do meu voo.

Laranja

Contam que meu avô, pai de meu pai, teve uma alucinação na hora da morte. Na cama, rodeado pelos filhos e pela esposa, olhou para a porta fechada e perguntou: "Quem está ali?". Minha mãe estava do lado de fora, de mãos dadas comigo. Ela escutou e estranhou, como ele conseguiria enxergar? Minha tia lhe fez carinho no rosto e ele respondeu: "Ah, são as minhas queridas, a Pati e a Nanazinha, minha Nádia". Em seguida morreu.

Mamãe, sem se importar com as leis da física, ficou feliz por ter sido confundida com Pati, a neta jovem. Papai desconsiderou: "Ninguém enxerga através da porta, nem confunde o que vê através de uma superfície sólida". Mamãe dizia que eu e minha prima éramos as pessoas preferidas de meu avô, homem que havia sido educado no rigor da família médica, metódica, proibido de viver a ternura, e se autorizava a vivê-la apenas com as netinhas meninas. Com essas se derretia, o que chamava a atenção de todos, já que era sisudo e até estúpido com os demais. Pobre velho, queria amar em paz e não sabia como. Eu tinha apenas dois anos. Às vezes, sonho com um lençol laranja. Na reta final, estava sempre deitado em seu leito imenso, coberto por aquele lençol. Vovó mandou ampliar a cama para que ele ficasse confortável e fizesse movimentos para evitar escaras. Não havia colchão que desse conta. Ela preenchia com um estofado que costurou. Quando vovô morreu, a cama continuou grande, sem mais ser ocupada por ele, que deixou atrás de si um vão. Enquanto crescia, eu gostava de entrar ali para testar o tamanho das coisas. Os meus contornos. Do mesmo modo que me divertia dentro dos armários e nas prateleiras das estantes. Pedia para que me guardassem em um recipiente. Começou com vovô. Era o vazio que eu queria saber se poderia preencher comigo mesma. Assim que me contaram "o vovô morreu", entrei no quarto e vi o lençol laranja estendido sobre a cama gigante.

A morte sempre me assombrou. O desaparecimento de alguém. Como? Meu avô acordou hoje, tomou café com pão com manteiga, molhou o miolo no líquido quente e subiu a massa aos lábios, deixando escorrer gotas sobre o queixo, comeu banana escondido, quase um cacho, sem que fosse descoberto nenhuma vez, viveu doente, continuando os seus dias, se cobriu com o lençol, juntou a família, dormiu e não acordou mais? Como assim?

Se ao menos fosse possível cobrir o espaço dele na cama, deixá-lo presente entre nós, para segurarmos sua existência, para não esquecermos. Mas não. Os corpos apodrecem. Não sobra nada da pessoa que viveu. A cama ficou vazia. Minha avó para sempre sentiu o exagero daquilo. Nunca apresentou a casa a alguém sem se desculpar, "essa cama, é, meu marido, esteve muito doente, por muitos anos, queríamos dar algum conforto a ele, nunca conseguimos encontrar um colchão desse tamanho, ficou sempre um vão, um buraco, na minha cama".

Como é possível uma pessoa deixar de existir? Como não estão todos indignados com isso? Ele estava aqui agora mesmo. Vivo. Completo. Falante. Apontou para a porta. Se ele deixou de existir tanto assim, será que um dia existiu? Este é o meu maior medo. A pessoa que morre nos mata também. Meu avô sumiu. E, assim, o que vivi com ele foi cada vez menos convocado e ressuscitado. Ele nunca mais foi até a cozinha pegar uma banana quando todos estavam trabalhando. Imagino que era sua cúmplice em seus assaltos. Uma menina de dois anos não entendia a palavra diabetes. Nem a palavra morte. Entendia o cheiro do vovô. O ruído do arrastar dos chinelos. O embaçado dos olhos. A cor laranja do lençol. Eu não entendia a possibilidade de ele não estar mais naquela cama. Era o furo na minha investigação do mundo. Até há pouco tempo, gostava de jogar o mesmo objeto de cima da mesa repetidas vezes. Papai achava graça, um experimento sobre a lei da gravidade. Era meu assistente do laboratório. Pegava o objeto do chão, colocava sobre a mesa e dizia "tentativa número 21". Eu pegava e soltava. Caía. Resultado tentativa número 21: queda. E assim, sucessivamente. Todas as vezes: caiu. Como meu avô não roubou bananas hoje? Ele as roubou ontem e todos os dias anteriores. Com o tempo, as minhas experiências com bananas sem a sua presença se tornaram em maior quantidade e eu as desvinculei dele. Tornou-se possível comer bananas de um modo banal. Do jeito que ele fazia. Sem pensar na morte. E, com isso, eu pequena também desapareci.

Minha amiga Manu sempre se lembrou de episódios da minha vida dos quais não consigo me recordar. Uma vez, em uma festa da faculdade, encontramos um rapaz, e Manu o agarrou pelo colarinho da camiseta. "Nádia, Nádia, é o Leonardo Souza." Eu tinha me esquecido da existência dessa pessoa. Ele tinha mais do que morrido, tinha des-existido na minha vida. Tudo o que eu conhecia sobre mim poderia ser narrado em detalhes sem nenhuma participação de Leonardo Souza. Mas, quando Manu gritou seu nome, o jovem com os glóbulos oculares destacados das pálpebras, um bronzeado na pele e simpatia nas mãos se encontrou com uma memória que agonizava na fronteira com o esquecimento, e Leonardo Souza ressuscitou. Manu sempre foi esta pessoa para mim, que nunca me deixou morrer. Parte da minha memória está arquivada em seu corpo.

No final do enterro do meu avô, os filhos esqueceram de ir embora. Ninguém foi lembrá-los do fim. Eles sabiam demais. Talvez a noite tenha trazido o frio e o vento, que trouxe o chapéu. Meu pai recolheu. Era do mesmo modelo que meu avô costumava usar, veio voando pousar entre os vivos. Aceitaram juntos sair de lá. Encontraram o elo entre os mundos e, assim, seu consolo. O arbitrário encontro entre a vida e a morte.

Infinito

Com seis anos de idade, eu me preparava para subir ao palco pela primeira vez com a coreografia de uma dança folclórica russa, parte da formação em balé clássico no Teatro. Minha mãe queria que eu fosse artista e meu pai, cientista. Investiam e lutavam para que acessássemos centros de excelência para nossa educação. Dedicavam-se no auxílio aos nossos estudos e nos enriqueciam com a frequência em museus, teatro, cinemas e atividades culturais em geral. Costumávamos passar as férias em cursos de verão. Na rua e na escola me zombavam de *nerd*, mas eu sempre me divertia. Tudo o que existia me dava curiosidade. Aquela dança russa me encantou. Os movimentos eram cheios de força nas pernas e contenção dos braços, que se cruzavam para exibir a liberdade dos membros inferiores. O desafio da estranheza daqueles gestos me divertia e a virilidade me atraía. Eu e Manu alternávamos os pés como bonecos articulados de músculos elásticos. Só com a experiência de dançar é que consegui me reconhecer em um corpo. Até então, braços e pernas eram ferramentas úteis para satisfazer a alguma necessidade. Jogá-las para um lado e outro, erguê-las por diversão, e inventar gestos, deu densidade à minha carne.

Nossa apresentação seria um grande evento, O Espetáculo. Dois meses antes, fomos convocadas para um estúdio de fotografia, fazer fotos para a divulgação. Era um ambiente desagradável, ficamos muito tempo à espera, e eu não conseguia entender como algo tão fugaz como o instante de um retrato poderia exigir horas de tédio. Amontoadas em uma antessala, emperiquitadas em roupas desconfortáveis, cabelos e pele presos, banhadas por cheiro de suor, o cheiro inevitável das roupas das bailarinas, que eu ainda não estava decidida por considerá-lo fedido. No intervalo das brincadeiras, lambia a palma da mão com insistência, na investigação do gosto de sal que saía de mim. O que acabou por me convencer de que se tratava de um mau cheiro foi a eternidade dele. Aquelas roupas eram muito difíceis de serem lavadas e, portanto, eram mal lavadas e reutilizadas repetidas vezes em situações em que o corpo jorrava água salgada, quando axilas e costas se mostravam ser a nascente de um riacho torrencial. Ao dançar, o sangue circula com velocidade, levando força aos músculos, o que cria um processo interno de combustão. A céu aberto, o resultado seria o incêndio. Por dentro, temos bombeiros que nos inundam com suor. As bailarinas chovem.

Fomos chamadas para o estúdio. Logo que entrei, aconteceu. A percepção e o nome vieram ao mesmo tempo: infinito. Um fundo branco, curvo, que me capturava em sua falta de fim. Eu desmaiei de vertigem. Acordei com uma mãe me abanando em um canto, enquanto a foto acontecia logo à frente. Solitária, orbitei a Terra, ouvindo o hiato do silêncio do Universo. Em queda livre, perguntei àquela mulher, entre tropeços de palavras: "O que é isso?". Ela anunciou: "Acordou, a Nádia acordou!". Eu a segurei pelo colarinho da camisa e implorei: "Por favor, o que é isso?". Ela tinha essa resolução de algumas mães, a de ser mãe de todas as crianças: "É um fundo infinito, uma espécie de pano que colocam para parecer um espaço maior". Quando as bailarinas se dispersaram e o infinito voltou a se impor, eu bambeei as pernas outra vez. Essa mãe perguntou: "Você comeu bem esta manhã? Tome essas bolachas de água e sal, e beba água". Obedeci pálida e, enquanto mordiscava aqueles biscoitos murchos, encarava o branco que se fazia gelo nas bordas, misturava-se com o creme da parede ao fundo e se estampava no fundo de minhas córneas como o Nada. Aquilo me mareou, implantou na boca um gosto azedo, uma gripe. Minha professora reclamou: "Vamos tentar mais uma foto com a Nádia". E eu tentei. Levantei-me e caminhei até aquele fundo. Eu precisava encostar nele. Era uma menininha, com um arranjo de flores na cabeça e um vestido bufante, caminhando receosa e fraca em direção ao que não pode ser pego com as mãos. Não me deram tempo para a investigação. Preferi assim. Achei melhor a discrição de olhar disfarçadamente para as bordas daquele pano vasto. A minha expressão na foto é a de alguém doente. Cheguei em casa com febre. O que não tem fim me intrigava tanto quanto o que não tem começo. Era um buraco que se abria em um penhasco para se tornar um abismo a dois passos de mim. O risco não era tropeçar, cair e morrer. Era cair para sempre, sem nunca tocar o chão.

Oceano

O céu está branco, as nuvens descansam em meus pulmões. O céu está aqui embaixo. Ar e água se misturam, onde está sua mão? Ainda sinto seu calor.

O ser humano é o único animal que mostra os dentes para sorrir e não para matar. Sorrir é depor as armas na mesa. Eu ainda estou aqui, Dito.

Sereios

Dito encaminha a pequena embarcação para a costa, na região de mato, onde vivem algumas famílias. Ancora sua voadeira e começa a passar a mercadoria para Luana, que vem recebê-la em terra. Sobe em uma pedra e, sem ainda sair da água, abre uma cerveja. Logo Luana lhe traz outra, e Quinho chega para ajudar e beber. O barqueiro abre a latinha e senta-se sobre a pedra, deixando metade do corpo debaixo d'água. Quinho carrega uma caixa e sai do mar. Luana faz o mesmo. Em seguida, Dito. Entram e saem d'água sem notar diferença água – terra – mar – areia. Seres anfíbios. Moram em dois ambientes. Escorregam de um para o outro, com guelras e pés.

Joelma me contou que João nasceu em alto mar. A mãe do menino era louca pelo marido, que virou alvo do boato de que teria uma amante em outra praia. Apaixonada, nunca mais o deixou sair ao mar sem sua companhia. Nem quando alcançou os oito meses de gravidez, momento em que todos insistiam para que ficasse ancorada. Ela não conseguia largar o marido por um segundo. Foi com ele na pesca e com quase nove meses de gestação pariu João. Só ela e seu amado em mar aberto. Foi simples, sem muita dor. O marido cortou o cordão umbilical e os três pularam no mar. Ali João tomou seu primeiro leite. Dizem que bebeu água salgada misturada ao alimento.

Os seres desta terra são seres da água. Molhar-se não é uma questão. Não é algo sobre o que se deva dedicar reflexão, não se trata de uma decisão a ser tomada: entrar ou não entrar na água? Molham-se por natureza. Circulam entre líquido e sólido, com capacidade de resistir aos distintos ares e formas de vida.

Com eles finalmente entendi algo que uma vez, curiosa, estudei: a semelhança da pele humana com a do golfinho. O tecido adiposo e liso que nos envolve é a nadadeira que desliza entre as ondas. São seres do mar.

Sol

A vida dos répteis, sem temperatura própria, fundidos ao termômetro do planeta, é atraente. Gosto da contradição de portarem uma pele espessa e crespa, porém incapaz de proteger seu aquecimento. São entregues às intempéries, obrigados a se expor ao Sol, para receber dele o calor que não possuem. Seu metabolismo se realiza com algo alheio a eles.

Toda vez que tomo sol, me encontro na expressão "lagartear", deixar-se espalhada sob o astro tão distante, que por sua força nos alcança. Abaixo dele sinto a velocidade de sua chama se deitar sobre minha pele. Um cobertor morno, ou água fervente, que aquece ou queima segundo a própria vontade.

Uns dias antes, estive só num canto escondido da praia. De biquíni, me deitei na areia e estendi a coluna sobre o solo. Dobrei os joelhos, deixando apoiados no chão cóccix e pés. Retomei o movimento de "ponte", subindo e descendo a coluna, esticando os braços, depois ergui apenas o quadril. Por último, me deixei deitada, com os joelhos fora do chão. Esta postura criou um canal entre mim e o Sol, que se despejava homogêneo sobre a Terra, mas tinha seu curso interrompido pelas montanhas e pelos morros. Os raios se afunilaram entre os joelhos, concentrando-se no túnel formado entre as pernas para correrem em direção à pelve. Percebi a palidez de minha vulva, sempre escondida debaixo de panos, vulnerável e sensível, impedida de viver o caldo morno do sol. Quis o astro a me queimar por dentro, arranhar-me com sua vermelhidão. Fiquei nua.

Deixei o sol brilhar nos mamilos e tomar minha vagina. Meus pelos irreverentes, e até estúpidos, se resfolegaram na alegria de uma brisa leve. Com os dedos, comecei a abrir espaço entre os grandes lábios para deixar entrar aquela luz. Tornei-me uma lagarta. Quente por dentro e por fora, vermelha por todos os ângulos, inteira, eu e o Sol, que me penetrava quente e ousado. A pele delicada e puritana de minhas vergonhas tomava sol. O órgão mais rico em terminações nervosas de todo meu corpo superlativava a quentura viva de uma explosão contínua a milhares de quilômetros da Terra. As bolhas de desfalecimento da matéria, da rápida mudança de estado das coisas, eram vividas em minha mucosa exposta. Quis ter um filho com o Sol. Quis parir, com a força de um útero peristáltico, que expulsa o filho, o endométrio e a vida todos os meses. Quis. Quis. Quero.

-

Fechei os olhos para enxergar a luz do Sol.

Uma gota de fogo vermelho-escuro pingou no centro de minhas pupilas. Se espalhou feito ondas de rádio. Mergulhei no centro destas, na cratera de um vulcão. Sinto o som do ar quieto ao meu redor fazendo ressoar o barulho das cores. A força da luminosidade é tanta que confunde meus pensamentos. Dói. Estou nadando nas labaredas da fogueira de uma festa junina. Sou uma bruxa em brasa. O som do calor cresce. Aperto as pálpebras, é impossível olhar nos olhos do Sol.

Viro o rosto. O vermelho é cortado por um risco amarelo, que aos poucos tinge a tela de minhas retinas. Tudo se torna claro. Estou só em um quadro de duas cores, dourado e preto, mais delicado que uma abelha. Sou Cleópatra enfeitada de ouro, iluminada de areia.

Os grãos de areia pingam feito chuva, colorindo de azul o lado de dentro de minha vista. Uma nuvem encobre o Sol e vejo rápido azul, verde, marrom, cinza. Não o preto. Este é o contorno das imagens, as quinas das luzes, o enquadre das cores. Está presente em todo piscar de olhos.

Oceano

A água está esfriando, Dito. Estou submersa. O ar que respiro entra por minhas guelras e traz para cá a história humana. Inspiro a cidade, os morros, terremotos e guerras. Reis sacam espadas, caravelas saem aos mares, abelhas são extintas e dinossauros ressuscitam, a linha do tempo se dobra e na esquina encontra um bife que bate asas, um beija-flor. É o seu coração que agora é meu. As últimas levas de sangue que espalham força por meu corpo saem de dentro de você.

Céu e Mar

Dito tinha reverência pelo oceano, com confiança de que tudo brotaria dali. Falava manso, inseguro se eu queria mesmo ouvi-lo, com os olhos no destino do barco e a garganta a trabalhar para sobrepor a voz ao barulho do motor. O trajeto pelo caminho das águas é outro, em dia de calmaria todos os pontos podem ser atingidos pela diagonal e todo percurso pode ser cortado ao meio. Já nos dias de fúria, tudo fica mais longe. Naquele dia de sol, Dito conduzia veloz. Quando chegamos à comunidade vizinha, combinamos um horário de partida e nos separamos. Ele não cumpriu o acordo. Não me importei em ser esquecida. Cheguei na hora marcada ao ponto de encontro e ele não estava lá. Não imaginei que demoraria tanto. Sentei-me na mureta que beirava a praia e ali me deixei ver as ondas. De companhia, um quiosque solitário, fechado. A faixa de areia era muito estreita, amarela, apenas. O belo era a água. Sonora, altiva, gigante. Me abandonei à passagem do tempo e pousei os olhos na distância. Fiquei parada por algumas horas, avistando o barco, que subia quanto mais a maré avançava. Não pertencia àquele muro, nem ao chão. A água tocou meus pés, e não me movi. Alcançou meus tornozelos, e eu segui quieta. Uma paralisia me abraçava. Mexi aos poucos as pontas dos pés e bailei com os dedos na água do mar. Descansei as mãos sobre as pernas, deixei a coluna curvar, o lábio inferior cair. Foi um sono de olhos abertos, que enxergavam azul - mar - céu - horizonte. O mar calmo, sem ondas, acelerado na velocidade em que tomava a terra. O céu, limpo de nuvens, um estouro luminoso. O horizonte, fronteira impalpável entre ar e água. Esta linha sempre azul. Aquela vista promovia em mim o absoluto, como se o todo se concentrasse em minha frente. Eu era una, pessoal, singular. As águas tomaram minhas canelas e meus joelhos, achei graça e me levantei para ver a barra da minha camisola feita de vestido ser erguida pela densidade da água salgada. Era bonito o tecido azul encharcado, flutuava como alga, dançava feito peixe. Caminhei sobre as pedras para ver o rastro de minhas vestes me seguir. Dito chegou assustado, gritando, pedindo desculpas pelo atraso. Interrompeu minha solidão. Atrapalhado, confessou: "Eu esqueci que a senhora estava aqui me esperando". Com o corpo agitado, soltava as palavras feito cuspes, a intervalos largos e respiração curta. Eu disse que estava bem, que não tinha me importado. Ele estranhou e parou para me enxergar. A água tinha passado de meus joelhos, já ia quase no quadril. "Moça, você está toda molhada, me desculpe mesmo." Estendeu a mão para me levar ao barco. Mergulhei e fui a nado. Ele riu e me seguiu. Tinha acontecido algo com ele, ainda tinha um vermelho na pele, raiva. "Dona, me desculpa, não deu certo o que eu vim fazer aqui." Achei graça do seu constrangimento na forma de se dirigir a mim, "senhora, dona, moça", eram todos pronomes relativos a mim, tão perto, de tão longe, os termos que me nomeariam pareciam todos errados. Insisti que eu tinha passado bem e ele mais uma vez me encarou. Talvez não confiasse nas minhas respostas.

O barqueiro dirigia concentrado, com o olhar em linha reta, tendo como norte uma referência que eu desconhecia. Descalço dos pés à cabeça, de tanta nudez de sentimentos. Avistei uma tatuagem em seu braço esquerdo. Traços pretos, um desenho subscrito por uma oração. O desenho parecia-se com uma onda e a frase... "o que está escrito aí?" O rapaz despertou, entornou o pescoço em minha direção e então mirou o braço. "Ah, é Universo." Completou: "O Universo é lindo". Foi comovente a segurança da sua afirmação. Notei que Universo era também o nome de seu barco. "Por isso tatuei. Meu barco é Universo II. O de meu pai foi o primeiro. Levou ele embora, para o meio do mar. *Voltou só*."

"Eu sinto muito. E por que seu pai deu esse nome, Universo?"

"Foi num dia que a gente, pequeno, caiu numa lorota dele. A Lua nasceu no mar. Cheia. Você já viu isso acontecer? Faz silêncio na gente. A bola branca surgindo do mar à noite. Tudo vai se iluminando de um jeito prateado. E nesse dia o mar estava tão negro e a Lua tão clara que até as estrelas se refletiram. Ele disse que era o Universo de ponta-cabeça, que a gente estava voando, e que tudo o que nos rodeia é o Universo. As águas corriam rápido na direção da Lua, pareciam bichos, maria-farinha, sarará, se escondendo em algum buraco. Davam até um assobio de velocidade. A gente correu mais de hora sem achar o mar, grávido da Lua e das estrelas. Os nossos barcos restando solitários na areia. Os pescadores tranquilos com a beleza daquilo. Os barquinhos que ficam na areia parecem uma casa de alguém. E o meu pai disse que era o segredo do Universo. O mar e o céu. Disse para gente que mar era só na nossa terra. E que explicava a vida."

"O meu pai dizia que era o céu que protegia nossa vida. Dizia que o mar gestou e o céu embalou."

"O seu pai navegava no céu?"

Pensei.

"Sim..."

"O seu pai também morreu?"

Não consegui responder. Azul – mar – céu – horizonte – vestido – tristeza.

"Você sente falta dele?"

"Sim."

"Dito, o que você faz quando sente saudades?"

"Eu choro. O mar é bonito todo dia, moça. Não tem perigo de abandono aqui."

Foi o branco da pele ou dos olhos que revelou para ele minha solidão? A finura dos meus ossos? A estranheza do vestido? O cruzamento das pernas? O inchaço que descansa meus olhos, efeito dos choros das noites que transformou a cova das vistas em almofadas, morros, a acolher meus luzeiros? A umidade constante dos lumes, um misto de brilho e poça d'água a sustentar a prontidão das lágrimas, disponíveis para escorrer feito um riacho filho e triste.

"Ei, Nádia, é isso aqui que me move", disse apontando para o mar, azul - prateado ondulado, como se quisesse oferecer para mim a pílula que encontrou para seus tormentos. Nádia. Passou a me chamar pelo nome. Passou a me conhecer. "O que mais gosto é de pescar lagosta. Eu jogo a rede e depois mergulho, cinco, seis metros até, só no pulmão. Meu irmão fica em cima, no barco, toda vez brinca, achando que não volto mais. Ele conta um minuto, um e meio, às vezes dois, que fico lá embaixo. O que me dá fôlego é encontrar com elas, coloridas, vermelhas, pretas, enchem de ar meu peito. Isso aqui, moça, é minha respiração."

Eu aceitei o que ele me estendia, oxigênio, alívio.

"Dito, meu pai me explicou o mundo pelas estrelas. Você sabia que foi uma delas que nos trouxe o oceano?"

Ele me encarou com confiança de que esta era a origem de tudo.

"É uma hipótese antiga, mas há um estudo bastante avançado em uma universidade na França que diz que o mar pousou em solo terrestre com o transporte de um meteoro. Caiu do céu. Como chuva de pedra."

Calou-se. Então, disse:

"O Universo é uma coisa só. Tudo está junto."

Depois riu. E brincou comigo.

"Esse seu jeito de falar parece com o de um russo que vem aqui na temporada. Ele é cientista de universidade também. Sabe o que significa Nádia?"

"É romeno, por causa da ginasta."

"Ah, isso eu não sei, mas em russo é apelido de esperança."

Aprendia com qualquer um que cruzasse seu caminho. E transmitia o que colhia, queria se aproximar de todos. Dito sabia que não era feito só dele mesmo. Eu inventei a mim. E criei um jeito meu de conhecer a tudo. Insuficiente, pois tudo nunca foi meu. Meu sofrimento sempre foi o hermetismo da linguagem científica, tão abstrata que isola seus agentes. Minhas palavras são insuficientes para transmitir uma equação de terceiro grau. Ser física me tornou solitária. Ou o contrário. E ali eu voltava a fazer o mesmo, a produzir solidão. Cortei o diálogo com Dito apresentando a ele um artigo científico sobre a origem do oceano na Terra. Ele me ouviu com paciência e me comparou a outro acadêmico. Reconheceu padrões.

Eu sentia muito por essa inabilidade professoral que carregava. A vontade de explicar, teorizar, citar artigos em qualquer conversa. Não foram poucas as pessoas que enrijeceram as sobrancelhas e aproveitaram a primeira oportunidade para se afastar quando eu desatava a falar de forma mecânica. Eu mesma só percebia o que estava fazendo quando já tinha me apartado do interlocutor, e era tarde. Via a faca espalhando farelos de assuntos e pedaços de gente serem divididos e afastados. Aprendi com meu pai, que misturava filhos com colegas de laboratório, amigos com alunos, e nessa massa disforme restávamos poucos ainda interessados. Ele nem notava aqueles que iam embora, mais ensimesmado do que eu, apaixonado somente pela ciência, rompia conversas afetivas para falar de física e matemática. Era o seu jeito de amar.

Uma função matemática é uma percepção de mundo. Os matemáticos desde o início dos tempos capturam relações entre as coisas e desenvolvem uma linguagem de acordo com a complexificação dessas relações. Encontram padrões entre elas, que passam a admitir como pressupostos, os quais podem reduzir a funções para ir mais além e prever possibilidades de futuros. Uma função é a redução de um conjunto de relações possíveis a um padrão que possa ser reproduzido em determinadas situações. Isso torna mais simples situações de alta complexidade, que podem ter seus elementos reagrupados em categorias, de modo a diminuir o tamanho do problema. Isto é, a matemática com a qual a física trabalha é uma abstração extraída da realidade, pois esta é enigmática e labiríntica, portanto, exige ferramentas profundas e multiformes para ser investigada. A beleza desse instrumento de pesquisa é que, quando se confirma, consegue ser útil para prever o funcionamento das coisas, de modo que oferece aos humanos maior liberdade de ação sobre sua própria existência. Meu pai dizia que a matemática era a maior máquina das ciências, as quais não existiam de maneira isolada, que só poderiam se desenvolver em um projeto comum a todas. São frutos da singularidade de nossa espécie: a capacidade de criar uma relação mediada com a realidade. Os animais agem por instinto, ainda que com beleza e sofisticação. Apesar disso, respondem aos estímulos de maneira imediata, direta e, portanto, determinada. Elefantes fazem rituais de sepultamento de seus entes que padecem. Isso nos impressiona, nos comove. Mas são os exatos mesmos rituais em todos os tempos em que foram documentados. Há mil, quatro mil, cem anos: sempre a mesma manifestação. E os velórios humanos, como eram há quatro mil anos? Como são hoje? Essa capacidade de transformar ao ambiente e a si é nossa relativa autonomia perante os instintos que arrancamos ao nos descolarmos do agora. A vida sem futuro, a solidão dos elefantes.

As aranhas sempre me interessaram. Era amiga delas quando pequena. Seres minúsculos, cheios de olhos que não enxergam. Locomovem-se pelo toque e vibração dos sons, à maneira dos morcegos e dos bailarinos. Gosto da revelação que nos oferecem: é possível pegar os sons com as mãos. O ruído pode até ferir uma pedra, se for insistente.

Minhas amigas saem à noite e encontram um lugar alto para de lá saltar de ventre aberto, por onde lançam proteínas, que, no encontro com o ar, se solidificam nos fios das teias. Percebem o seu entorno como um ronco vazio, com pontos de luminosidade disformes. Não se diferenciam do ambiente, dentro e fora estão em linha de continuidade, sem fronteira. Não hesitam e iniciam a tessitura de um triângulo, que vira uma letra ípsilon e a partir daí constroem uma espiral, correm de um lado a outro, fazendo círculos, de modo a dar sustentação à teia. Depois bordam em ziguezague, dando saltos no escuro, sem jamais errar onde devem pousar – ninguém nunca viu uma aranha cair de um desses pulos – e, por fim, constroem círculos, chegam a ser cinquenta incansáveis e perfeitas circunferências. Cegas arquitetas impecáveis. Em alguns minutos, qualquer testemunha constata que nasceram para isso. Nasceram para isso. São definidas por isso. Não se separam dessa atividade. Fadadas a um castigo mais grave que o de Sísifo, rolam a pedra das teias sem nem poder se queixar. E não podem, não porque são proibidas. Mas porque são incapazes. O ser humano é o bicho que se separou da perfeição, e por isso se tornou capaz de inventar.

Quando Dito contou que meu nome era apelido de esperança em russo, me deu um pouco do que os bichos não têm.

O que tinha nele que me fazia escutar com solenidade tudo o que dizia? Parecia que de sua boca saíam revelações. Esperança. A voadeira na praia, chegamos molhados. Eu não quis ir embora e ele não soube me pedir. Com a água na altura do tornozelo, escutei o ronco do motor cessar.

Dito retomou:

"O céu está rosa, amanhã vai ser tempo bom. Já, já vem o nascimento da Lua, te chamo para ver o Universo de ponta-cabeça."

Eu estava de costas. Antes que me virasse, continuou:

"Você disse que o mar caiu do céu, não foi?"

Azul – mar – horizonte – céu – vestido – tristeza. Eu não consegui encará-lo.

"Como na chuva?"

Tristeza – esperança – medo – amor?

"Você consegue ver a espuma do mar dando um beijo na areia?"

Amor – o quê?

Apareceu na minha frente. Azul – Dito – Azul.

O Universo de seu braço tinha ondas. Eram sonoras. Atraíram meus olhos como uma caixa preta envernizada abandonada no meio da rua atrai um círculo de curiosos ao seu redor. Moviam-se estáticas. Encaramos um ao outro. Dito engolia o ar, mascava o vento, se alimentava do espaço entre nós dois. E me olhou.

O que acontece nesse instante do olhar?

Ele.

Ele deixa os olhos muito abertos. Os olhos se agigantam, se sobrepõem ao rosto, ao corpo. A pupila se parece com o poço de uma cachoeira, o oceano negro, arremessado para o alto em um terremoto. Os contornos do rosto do planeta começam a evaporar de um jeito líquido, se dissolvem e pairam feito neblina. O olhar é um esguicho do suspiro de uma baleia em um furacão calmo. Em algum lugar, toca música. É dentro do meu ouvido. Eu não sei que música é. Alegre. É a música da ponta dos dedos de um violonista velho, que não tem mais um violão. A boca não está aberta nem fechada. Está em um intervalo, carrega o ar que marca a separação das sílabas. Está no meio de uma palavra. O cobertor da vida nos tomou feito um tsunami que invade as cidades sem derrubar as casas. Eu acesso tudo o que é humano. Quando ele me olhou, vivi a caminhada dos povos nômades que inventaram o dinheiro, eu vivi a Grécia e os festivais dionisíacos, eu vivi um cego, eu vivi Roma, eu vivi os bárbaros tomando todo o Império, eu vivi os indígenas sem passarem fome, eu vivi os Incas construindo suas cidades, eu vivi um jovem rei de quatorze anos inventar um navio, eu vivi a travessia dos mares, eu vivi os polinésios com a ousadia de brincar com as ondas, eu vivi o encontro do meu avô com a minha avó, eu vivi os livros das estantes da minha casa, que escoravam as paredes, eu, todos, e cada um, éramos harmonia.

Eu queria o Dito para conversar. Ele me percebeu machucada, todo dia aparecia. "Precisa de algo da cidade?", "quer ir comigo no barco?", "tem almoço? Sobrou lá em casa", "deu goteira aqui com a chuva?", "vou aparar o jardim". E todo dia perto eu lhe dava café.

"O melhor café daqui é o seu. Vamos num banho de mar?"

O corpo dele era menino, eu tinha trinta e pouco e ele pouco mais que vinte. Sempre sem camisa, dourado, bonito. Seus cabelos eram negros e cacheados. Muito curtos. Eu tinha vergonha do meu corpo branco. Ele falou para corrermos até a praia e.

Havia inteligência nos pés dele, ágeis, risonhos. Chutou o chinelo para qualquer lugar, me puxou de biquini e só. Correr na areia em direção ao mar me fez sentir que alguém nos tocou e disse que a nós tudo é possível. Tropecei, ele se abaixou e olhou meu pé. Fiz um machucadinho no dedão, ele beijou, me pegou no colo e correu comigo para o mar. Nos braços dele, pertenci. Me carregou e ao alcançar a água nos afundou. Mergulhamos juntos e sorrimos um ao outro dentro daquele azul. Eu me ergui e ele riu e me jogou água na cara. Ri e joguei nele, naquele embaraço rápido de água, mergulho e corpos eu estive presente. Inteira. O riso fácil dele menino barqueiro. Marinheiro. Pescador.

Brincamos. De jogar água no rosto um do outro e dar caldos em nós dois. Ele me puxava para baixo e eu emergia gargalhando com a aventura. Em meio à água que subia para o alto na bagunça, re-conhecia o mar pela primeira vez. Sempre quis esquecer de como é o oceano, para recuperar o susto com esta descoberta, para vê-lo sem a normalização dos dias iguais. Voltei a ser aquela menina bebê das fotos de quando meus pais me levaram para conhecer o mar. Uma pequena encantada com a imensidão e a possibilidade de exploração da novidade. No rasinho, sentada, com um maiô azul, agitava bracinhos e pernas, criando um furacão ao meu redor, areia – água – corpo, tudo se fundiu em uma única experiência. Os óculos escuros de lentes cinzas de meu pai perto de mim. Eu nem engatinhava ainda. Sentada na beira do mundo, lançava água em todas as direções. Com Dito, eu e eu mesma pequena estávamos juntas, nos arremessando para a vida. O começo de tudo. Segurava nas mãos o globo terrestre e interrompia a rotação, criando intervalos, onde em meio à velocidade de nossos movimentos, ele parecia um beija-flor bobo, perseguindo meu sorriso como se fosse açúcar. Meus saltos se aquietaram e ele, inteiro meu, silenciou o planeta. Nossos olhos se encontraram com euforia e paz. Da mudez nasceu o beijo. Tomamos um ao outro com sede e meu peito pulou contente, com a celebração adolescente de beijar o garoto por quem estamos apaixonadas há muito tempo. Eu estava em efervescência.

Mistério

Desde que parei de acreditar em Deus, atribuí poderes mágicos à humanidade. Parar de acreditar em Deus não foi uma escolha. Foi uma descoberta. Não da impotência divina, mas da força humana. A queda de Deus foi inevitável.

Quando pequena, o universo era grande. As pessoas passavam por mim em uma fila com suas vidas inteiras, grávidas de sonhos e arrependimentos. Cada um era para mim um convite, uma possibilidade de ser. Eu recolhia as características daqueles com quem cruzava e as dispunha em lista, para escolher as que gostaria de adquirir. Quero a paciência da minha avó. As brincadeiras da minha madrinha. A força e a raiva do meu pai. Não quero a tristeza de mamãe. Nem a voz grossa da minha vizinha. Quero os olhos azuis da outra. Ah! Mas isso nunca pôde ser meu.

Minha mãe queria que eu fosse uma boa menina, e eu a obedecia. Quietinha observava aos outros, tentando aprender como me tornar essa boa pessoa. Notei que minhas amigas rezavam e então pedi a mamãe que me ensinasse. Ao ver uma garotinha de seis anos lhe dirigir um pedido desses, logo me considerou um milagre. Reivindiquei que me entregasse tudo o que fosse relativo a Deus: quero conhecer a Bíblia, a missa, a vida dos padres, das freiras, dos santos, dos beatos, ave--maria, Jesus, os fiéis, o terço, a novena, a quaresma, os rituais, a catequese, os fins de semana, a hóstia. Aquela folha de trigo me era proibida. Para sentir seu sabor eu precisaria atravessar a primeira comunhão.

A vida de Jesus e seus mistérios me davam sede. Queria saber de tudo sobre o nascimento do mundo e o destino da humanidade. Eu queria ser uma boa menina e a primeira chave que encontrei para isso foi católica. Logo comecei a confortar adultos tristes com parábolas de Cristo. Um dia, encontrei mamãe chorando em frente ao espelho de seu quarto. Apoiava-se sobre a cômoda e olhava para os lados, com o cabelo desgrenhado. Escutei seu sussurro, "eu não aguento mais". Entrei no quarto, sentei-a na cama e peguei sua mão. Disse que iria cuidar dela, e que Jesus também sofreu, também quase desistiu. Mas tinha uma missão, e nós também teríamos. Precisávamos encontrar a nossa. Chorou com o peito calmo, me abraçou, disse que me amava e se deitou. Fiquei ao seu lado, fazendo cafuné. Ela contou esta história a uma amiga, que contou a outra, que contou a outra, que contou a outra, que contou ao padre, que quis me ver.

A essa altura, eu já estava com nove anos, sabia ler e escrever, rezava todos os dias antes de dormir e frequentava o grupo de mulheres do bairro que rezava o terço semanalmente. Gostava do calor daquelas reuniões, da voz baixa que sibilava ave-marias e pais-nossos, das confissões que escapavam no início e fim dos encontros, com alguns choros cuspidos entre os dentes. Temia de um jeito apaixonado esquecer alguma palavra da oração quando fosse a minha vez de rezar em voz alta. Enquanto acompanhava os pontos, rezando baixinho, deixava meu olhar correr, se separar de meus pensamentos e pousar nos olhos fechados de Dona Marilene à minha frente, em sua máquina de costura enferrujada, nos olhos verdes da ruiva Analice, nos joelhos de Mara, que escapavam da saia, sempre puxada para baixo. Adorava entrar na casa dos outros, ver os detalhes das portas, das salas, das paredes. Eram diferentes umas das outras. Algumas cobertas de livros, outras de quadros, outras de nada. Gostava de comer um pedaço de bolo ao final e não entendia aquelas mulheres que se pensavam perdoadas quando a minha voz tímida entoava "ave Maria, cheia de graça, o senhor é convosco, bendita sois vós entre as mulheres", o que mais me recordo é do calor. Os olhares em minha direção eram firmes, curiosos, desejantes. Eu ficava apavorada. Em minha cabeça, todos os pecados desfilavam em uma apresentação de slides. Imaginava-me derrubando aquela máquina de costura no chão, dando um soco em Dona Marilene, arrancando os olhos verdes de Analice e a saia de Mara, beijando o meu primo Rafael. Os pecados se materializavam, eram radiografias dos meus ossos, e eu temia trocar uma palavra, errar, esquecer, gaguejar, porque assim todas saberiam que eu era atormentada por desejos. Vivia uma raiva calma que não me permitia rezar em paz. "Rogai por nós, os pecadores, agora e na hora de nossa morte, amém." A entonação da reza emulava o barulho do mar, subíamos e baixávamos o volume como ondas que se erguem aos céus para depois serem despejadas na praia. Pronunciar o amém era ver a maré se recolher, como um pano que limpa a areia e volta para casa satisfeito. O silêncio que se seguia à minha voz era quente. Cúmplices, as beatas se entreolhavam agradecidas pela menina bendita entre elas.

Aceitei ir ao encontro com o padre em uma terça-feira à tarde, depois da escola e antes do balé. A igreja era fresca quando vazia. Suas paredes espessas, feitas para criar um outro mundo dentro do mundo, o reino dos Céus na Terra, aprisionava o silêncio, que não conseguia sair, contido por pedras de outros tempos. O maior mérito de uma igreja é a quietude. Capelas ou catedrais compartilham a arquitetura do silêncio. Quis que mamãe fosse comigo, mas ela tinha mania de achar que eu era capaz de tudo. Sempre disse que jamais faria por mim algo que eu mesma pudesse fazer.

Na terça à tarde, a igreja era muito diferente daquela das missas de domingo. Sem folhetos dobrados para serem usados como abanadores, sem crianças entediadas, soluços escondidos em mãos em prece, incensos e músicas em voz grave. Eu observei naquele dia que nossa igreja era pobre. Imensa, porém feia. Sentia falta dos vitrais que via nas fotos das enciclopédias. Ainda assim, tinha a beleza de um Jesus crucificado no alto da parede. O Cristo de nosso altar era flagelado. Seu rosto pendia para baixo com a inclinação do pescoço de uma bailarina. Seus cabelos tinham na pedra esculpida a umidade do sangue que o percorria, parecidos com os de minha prima no velório do meu tio, quando seu rosto encharcou o meu com os seus cabelos molhados de tristeza grudados à face. Sobre a cabeça de Jesus, a coroa de espinhos, três vezes dobradas ao redor de si. Na testa, rasgava um corte vermelho. As sobrancelhas estavam próximas uma da outra, o que dava ao olhar um cansaço, que se completava com a boca um pouco aberta, a de um bebê recém-nascido banhado pela mãe em uma água quente, continuidade do útero. Os olhos iam na direção contrária de sua cabeça, ascendiam aos céus. O corpo descia magro, parecia um urso acrobata, domesticado pela fome imposta pelo domador de um circo ilegal. Seus joelhos estavam abertos e tornozelos amarrados. Os pés roçavam um no outro, a última companhia de cada um. Os braços abertos que eternizaram a imagem da cruz se encerravam nas mãos em chagas. Aquele corpo nos acolhia. Mas os olhos... Os olhos estavam férteis de desejo.

A graça e o gozo são da mesma entrega, descobri anos mais tarde. Os detalhes de seu corpo nu, ensanguentado, e de seus olhos, voltados ao céu, me fizeram admirar o escultor que lhe imprimira em uma pedra. Ao seu lado estava Maria, com as mãos unidas e o corpo coberto por mantos coloridos. O movimento de seus tecidos também me fez amar ao homem que arrancou o vento do concreto. E seu olhar igualmente se dirigia ao alto. Do mesmo modo, o de São João Batista, Santo Antônio, São Francisco, todos aqueles enfileirados no altar. Eu também olhava para cima e descobri que não há nada lá, além. E justamente este nada é o que buscava para a comunhão com Deus.

"Nádia?"

O padre me chamou. Entramos em uma portinha ao lado do altar. Tão pequenina e escura que, ao se abrir, trouxe a presença de Deus. A luz me ofuscou, tudo era branco ali dentro. A sala toda era uma janela enorme e duas cadeiras de plástico com um padre dentro, que vestia uma batina igualmente branca.

"Os seus olhos são grandes."

"Os seus são verdes, padre."

Ele riu como um velho que vive em paz. Estava disponível para achar graça de tudo o que eu falasse. Era muito alto, com muita roupa para uma tarde de sol.

"Nádia, tenho ouvido falar de você. Você quer se confessar?"

"Você me ajuda?"

Eu buscava na igreja a explicação de tudo. O cristianismo foi o primeiro contato que tive com algo que abordava a vida como um todo unificado que se exprimia em cada um de nós. Eu queria o subterrâneo da fé.

Ele riu. Mas ficou sério em seguida.

"Tente. Conte algo que você fez e que sentiu que era errado. Peça perdão para Deus."

Talvez tudo, padre. Às vezes penso que existir é errado. "Eu briguei com minha irmã."

"E quem ganhou?", disse, rindo mais uma vez.

"Acho que ninguém ganha nas brigas entre irmãos."

Em sua expressão, nasceu uma pergunta.

"Padre, me ensina o que é o pecado?"

"Você comeu algo quando não estava com fome?"

"Sim, amora no pomar, quando é época. A minha mãe me veste de roupas velhas para que eu possa ficar roxa de tanto comer."

Ele quase riu, mas percebeu minha seriedade e continuou.

"Você teve preguiça para algum trabalho e deixou de fazê-lo?"

"Sim, eu esqueci uma vez de fazer a lição e a professora me desculpou. Então, não fiz de novo porque preferi brincar. Mas ela me deu uma bronca e eu me arrependi. Não deixei mais de fazer tarefa. Mas eu não gosto de arrumar meu quarto, de guardar os brinquedos. Às vezes, eu deixo para o dia seguinte."

"Você mentiu para alguém?"

"Sim, para minha professora nesse dia. Eu disse

que esqueci de fazer a tarefa, mas eu só não quis. Padre, o que isso tem a ver com pecado?"

"Você sente ódio? Raiva? Vontade de agredir alguém?"

"Eu sinto tudo, padre."

"Como você se sente na missa?"

"Curiosa."

"Estou sentindo você assim aqui também. Você é uma menina muito inteligente. Estou surpreso."

E de repente, ele não me parecia inteligente. Por que raios não me explicava o que era o pecado? Fiquei quieta. Desisti. Ele queria me conhecer, saber do que eu era feita. Eu não conseguia entender naquele tempo o quão estranho era uma criança ser beata. Rezava ao acordar e antes de dormir. Ia ao terço e à missa todas as semanas. Lia a Bíblia e as hagiografias. Comecei a cantar no coral da missa das crianças, me matriculei no catecismo. Pensava em Deus o tempo todo. Interrogava a existência a partir desse referencial. Mas não era capaz de me distanciar daquilo, de me ver como uma coisinha esquisita, o chaveirinho dos católicos. Decepcionada, me resignei, olhando as ruguinhas dos meus dedos.

"Nádia, você está perdoada. Deus te perdoa."

"Por quê?"

"Como assim?"

"Padre, eu tenho pensamentos ruins às vezes. Com raiva."

"Nádia, Deus colocou as mãos em você. Sua vida será difícil, querida. Você jamais escolherá o bem sem pensar antes no mal. Você é muito inteligente e sofre de profunda compaixão. Deve ser muito cansativo."

Naquele instante gostei dele. Me senti, de fato, perdoada.

"Mas, padre, Deus escolhe a todos nós."

"Você tem vocação para ser santa."

Aquela fala foi um pedido, o maior comprometimento que me demandaram até hoje. Eu estava curiosa por Deus, e os compromissos protocolares me eram insuficientes. Eu queria conhecer aquela doutrina, desbravá-la, senti-la. Mas não. Não sabia se queria me filiar ainda. Gostava da entrega dos santos, da vulnerabilidade de seus olhares.

"Qual a diferença entre um homem comum e um santo?"

"O milagre."

"O que é um milagre?"

"São surpresas que salvam vidas e ninguém entende como."

"Padre, eu acredito em milagres, mais do que em Deus."

"Minha filha, você sente, não sente? A presença d'Ele?"

Eu sentia a fé daquele homem. A brancura de sua batina, lavada, esfregada, engomada por mulheres que acreditavam que naquele ato homenageavam

Deus. A força do martelo e do cinzel do escultor dos santos. A paciência dos fiéis, a coragem dos pedreiros empilhando as pedras da igreja. O tempo guardado no interior daquelas paredes.

"Sim."

Deus foi o primeiro nome que dei a meu amor polimórfico, oceânico, pela humanidade indiferenciada.

Acabei entendendo que o pecado era a nossa confissão. E não o contrário. O incontrolável, o que não conseguimos governar segundo a ordem divina, descobri ser o pecado. Dirigíamos ao padre esta parte de nós para que ela não nos dominasse. Para conviver com ela. Mas nem assim eu tive paz. Acordei com sede perguntando: "Como Deus nasceu?". Esta era ainda mais difícil, porque pelo menos para o pecado cada um me dava uma resposta. Neste caso, todos diziam: "Deus se criou". Aquilo me espantou. Como pode haver uma pergunta para a qual todos elegem as mesmas exatas palavras para explicar? Ninguém entendia as palavras que proferia. Eram abstratas, falsas. Uma mentira em que todos escolhiam acreditar por covardia. Foi o que aprendi com meu pai: quando aceitamos uma resposta como definitiva é porque estamos com medo.

Inquieta, pedi a ele que me explicasse o começo de Deus. Ele me encorajou a tornar aquilo uma investigação acerca de tudo. "Você enxerga Deus no mundo?

Onde ele estaria?" Depois de muito pensar, concluí que aqui, tudo nascia e morria, sendo assim, Deus não pertencia a este lugar. O jeito que ele me olhou quando eu disse isso... Ficou vermelho de orgulho, sorriu com seus dentes abandonados e seus olhos ficaram verdes, da cor que só ficavam quando estava com raiva. Ele nunca tinha prestado tanta atenção em mim. Tomei gosto por pensar para conseguir estes olhares do meu pai. Então, depois de esfregar as mãos de um jeito alegre, completou: "Pedra nasce?". Mais uma vez, fiquei espantada e me recolhi para melhor raciocinar. No quarto, me deitei sobre o tapete e mirei o teto. Pedra nasce? As pedras do jardim da escola. Pedrinhas dos vasos de mamãe. Pedras preciosas disputadas pelos ladrões. A pedra no sapato. Pedra. A mulher do Pedro. Sopa de pedras de quem passa fome. Pedra polida. Pedra pontuda. Pedras à beira-mar. São rochas. Esfarelam-se com a força das ondas. Tirei o casaco. Água mole, pedra dura, tanto bate até que fura. Pedra quebra. Pedra na janela. Pedrada. São rochas debaixo do oceano. São rochas debaixo das montanhas. São rochas debaixo dos continentes. São rochas tectônicas. São terremotos de pedras. Fogo debaixo d'água. Abri as janelas. São pedras entre o fogo do inferno e a água da terra. Pedras na praia. São rochas. Esfarelam-se com a força das ondas. Com a força dos anos. Ah! "Pai, você me disse que a areia da praia um dia foi pedra. Então, pedra não nasce, mas se transforma." Ele comemorava as minhas respostas como um gol. Levantava-se da cadeira e andava em círculos. "Você já encontrou algo no mundo que não precise de nada além dele para realizar a sua existência?" Meu pai era o único que não me tratava como criança, e eu gostava disso. Meus tios mudavam de assunto quando eu tentava opinar sobre política ou poesia, davam risada de meus comentários ingênuos. Ele me fazia desenvolvê-los. Fazia-me as perguntas verdadeiras, sem se preocupar com a sua dificuldade, porque me dava tempo para meditar sobre elas. "Pai! Já sei! Deus é como o sabonete. O sabonete limpa tudo, mas não se suja. Ele é autolimpante, é da sua natureza ser limpo. Encostar nele já nos torna limpos, do mesmo jeito que o rei transformava tudo em ouro." Ele amava me ver com respostas inteligentes, mas se deliciava ainda mais quando notava, em meio a comentários perspicazes, uma falha fundamental. Sempre foi competitivo e o estudo era para ele uma partida de xadrez entre bons adversários, que admiram o movimento do oponente, mas nunca perdem o objetivo da vitória. Perguntou: "Você encontra sabonetes na natureza?". Percebi: "Então nós criamos Deus como criamos o sabonete?".

Eu me agarrava àqueles instantes com papai. Nada o tirava de seus estudos, o único modo de acessá-lo era fazê-lo estudar comigo. E estudar para ele não era transmitir um conteúdo morto. Era buscar a chave para compartilhar a vida. Repetia a história do dia em que seu irmão martelou o dedo e berrou. Meu tio nunca gritava. Naquele dia, esgoelou. Ficou roxo, segurando o choro, até que deixou as lágrimas rolarem, lamentando: "Eu não sei explicar essa dor. Não inventaram um jeito de falar disso para aliviar". Meu pai queria tornar tudo o que é de cada um, de todos nós. Investigou a dor do irmão, para conhecê-la, e assim lhe oferecer alívio. "É preciso colocar gelo ou deixar na água gelada por vinte minutos. Tomar um anti-inflamatório para a dor. O local incha pela atividade celular que tenta reparar a lesão. O gelo diminui a inflamação". O desconhecido era um convite para avançar sobre o segredo do Universo. Demorou até eu encontrar este caminho para estar perto dele. Quando achei me dividi em duas. As holotúrias, seres que vivem no fundo mar, se se sentem em perigo, expelem suas vísceras para afastar seus predadores. Realizam a autotomia, automutilação praticada por animais, como as lagartixas, que abandonam seus rabos para salvarem o corpo. Feito esses bichos, arranquei de mim aquele dia em que meu pai... Arranquei cabelos. Cortei a pele. Expeli memórias. Joguei minhas vísceras na cara de quem me parecia ameaçador. Desabitei os dias ocupados pela dor e corri com o que sobrava vivo, para perto da ciência. O que jazia morto, de cores vivas, enterrou-se debaixo da areia, no fundo do mar.

Passei uma temporada com minha mãe e irmã na casa de meus avós. Não me lembro direito, vovó cozinhava, enquanto ficávamos quietas e mamãe dormia. Vovô ligava o desenho na televisão e sentava-se ao nosso lado. Eles não sabiam o que fazer com a gente. Foram só algumas semanas. Aprendi uma palavra nova: divórcio. Secreta, restrita aos adultos, minha avó penteando minha mãe em frente ao espelho e mudando de assunto quando eu entrava. Os azulejos amarelos e o banco de fórmica de mamãe, o pente de plástico deslizando pelos fios. Mamãe preenchida de tristeza. Divórcio. Era derrota o que sentia. O pente não parava de passar por seus cabelos lisos. Carinho. Divórcio. Minha avó tinha os lábios finos e pálidos pelo silêncio de seu costume. Através do mutismo e de dedos grossos dizia à filha que ela era velha, que não seria ninguém sozinha, que uma mulher não poderia passar pela desonra de ser desquitada. O pente começou a puxar os fios com mais força. Vingança. Eu senti pena de mamãe. Uma culpa me percorreu como chuva de granizo e eu pedi a ela para não se separar de papai. Voltamos para casa. Tornou-se um dever fazer minha mãe ver que eu havia perdoado meu pai. Me dividi em duas. Abandonei dias da minha história. Como ele fez.

De minha mãe, tornei-me cúmplice. De meu pai, parceira.

Eu cresci com aquela escolha. Foi irreversível decidir que meus pais não se separariam. A vida das mulheres amarradas a seus filhos faz o casamento ser coisa de criança.

Quando voltamos para casa, pedi a minha mãe que me ensinasse a rezar e passei a lhe dar palavras de consolo tiradas da Bíblia. Pouco tempo depois, comecei a investigar a existência de Deus com meu pai. Era um plano perfeito, eu poderia ter sido feliz.

Como poderia algum ente não ter começo? Por que criamos um ser sem origem? Por que tememos tanto o fim? Todas as perguntas que eu descobria cientificamente com meu pai eram respondidas pela fé de minha mãe. A tristeza dela era nublada. Um dia ficou parada na rua desde a manhã até a noite, só observando os pedestres de um lado para o outro. Voltou depois das dez, ouvi meu pai resmungar: "O que aconteceu? Suas filhas estavam te esperando". E ela respondeu com uma pergunta – como eu havia aprendido que seria o certo a se fazer: "Como eles conseguem? Ir e vir? Como se houvesse algum sentido? Como ninguém mais estranha o fato de estar vivo? Acordar e cumprir as obrigações? Qual o sentido disso?". Eu espiei atrás da porta, meu pai estava com os olhos verdes. Dois dias depois, meus avós vieram passar um tempo com a gente, e minha mãe parou de trabalhar.

A minha avó simplesmente não falava. Fazia o almoço, janta, dava banho. Meu avô ligava o desenho. Meu pai nos levava e buscava na escola, no balé, catequese. A minha mãe dormia. Às vezes, tentava sair da cama. Rezava e contava histórias. Um dia eu a escutei ninando a Gabi, quando disse: "Filha, não poderei te ajudar. Falhei com a sua irmã, eu sei que você saberá se proteger e vai cuidar dela".

Eu era a mácula do pecado de meus pais. A minha existência era a amargura da culpa que eles engoliam. Nem pude deixar outras crianças assinarem meu gesso, pois fiquei escondida enquanto meus ossos se colavam uns nos outros. Foi a temporada que passamos na casa de meus avós. Fui ao postinho de saúde que tinha lá perto para o médico passar uma faca e tirar aquela massa fedida. "O seu braço está ótimo, pequena. Como você fez isso? Caiu do escorregador?" A camisa branca inocente daquele jovem médico, dono de seu futuro tranquilo, criou a lembrança do acidente que nunca tive. Confirmei com a cabeça. Comecei a ter medo de escorregador.

Desde o nascimento de Gabi, me senti rejeitada pelo amor que meus pais tinham por ela. Pela minha irmã, papai saiu mais cedo do laboratório, trocou fraldas e explicou os enigmas da vida a um bebê. O desamparo a que fui entregue era radical. No meu corpo havia a memória dos meus choros sem resposta dos primeiros meses. Escutei minha avó se dirigindo a mamãe: "Lembra de como você ficou depois do nascimento da Nádia?". Revivi o peito seco de minha mãe e meus urros de fome recém-nascidos.

–

Não é possível dizer quando começou. Nem quando me dei conta. Foi um estado de presença contínuo. O prazer. Aprendi com meu pai a dormir de bruços. Minha mãe se deitava de lado, meu pai de costas. Por que escolhi esta posição? Como constituí meu descanso? Por que deste modo meu corpo se entrega e perde o peso para o colchão? Nunca soube. Mas entre dormir e sonhar me vi tantas vezes enrolando os dedinhos no lençol, criando uma tração que prendia os braços na parte superior da cama, e dava mais força para me esfregar. Eu subia e descia o tronco sem entender o que vivia. Corria por mim uma energia primária, nascida antes dos nomes, sustentada pelos sons. A cama gemia, o ar me atravessava com velocidade, em um entrar e sair de ventos quentes, os dentes se abriam e mordiam meus lábios, para depois se apertarem uns contra os outros, com olhos amantes, até um gritinho, anúncio do fim dos sons. Meus movimentos noturnos não existiam, porque não eram falados, representados. Até que Dulce me ofereceu uma palavra: masturbação. Ao que completei: pecado. Ela disse em voz alta: masturbação. Para desenvolver: só para meninos. Ela disse ainda mais alto: tudo é masturbação. A toalha depois do banho, o cavalinho na almofada, a investigação durante os filmes, o cruzamento apertado das pernas, o chuveiro do bidê, a vontade de fazer xixi. Fiquei quente e vermelha para negar. Não, nunca. Só para meninos. Entendi que era assunto divino. Para confessar. Entre as meninas, com os adultos, não era possível falar sobre isso. Tornou-se meu primeiro assunto particular com Deus. Então, o interroguei: por que é pecado?

Ninguém me respondia sobre a origem de Deus, o pecado e a existência. Sexo era assunto meu. Desde quando entendi que aquilo tinha nome e era proibido eu comecei a entender que existia. Eu existia porque tinha um segredo. Tinha algo só meu. Queria mostrar aos outros que sabia de minha materialidade, tornei--me um ser com gravidade, capaz de influenciar no espaço e tempo. Cresci. Queria que notassem, sem me descobrir. Queria o véu, a transparência rendada. Esperava ficar sozinha em casa à tarde, para me fechar em meu quarto e criar pensamentos possíveis para tornar-me vermelha e suada. Meu cachorrinho percebeu. Chorava lá de longe. Por que chorava? Por que meu gozo era seu suplício? Entendi que era assunto meu, dos cachorros e de Deus. Eu era divina e animal.

Não apenas os Céus me eram estranhos, mas agora a Terra se tornara incomum. O banho, meu lugar de liberdade, onde água e pensamentos jorravam, contou-me que tudo poderia não existir. De repente, meus pais, irmã, Manu, Dulce, meu cachorro, meu quarto, tudo, tudo poderia ser fruto da minha imaginação. Era impossível interromper aquela dúvida, e suas consequentes vertigens e medos. A única forma de voltar a viver era por escolha: é preciso parar de pensar nisso. Só anos mais tarde encontrei na filosofia de Descartes um companheiro para a minha perplexidade. Quando já tinha entendido que o critério da verdade seria o amor. Afinal, por que eu escolhia parar de pensar que nada existia? Porque queria que minha mãe existisse. Ela batia na porta do banheiro, avisando que o banho já estava longo demais e que eu precisaria desligar, se não, acabaria com a água do bairro, lhe daria uma conta de energia muito alta, "o seu pai não é dono da Light", iria me atrasar para o balé e ressecaria meus dedos, que já deveriam estar enrugados. A realidade ganhava textura. Desligava a água e o pensamento.

Corria os dias sem saber o que eu era, nem qual teria sido o começo de tudo, nem porque sabia quem era a minha mãe, independentemente da chance de ela ter sido trocada por monstros que usariam uma máscara dela para se disfarçar. O cheiro dela era sempre o mesmo. Não era de perfume. Nem de monstro. Tinha a mesma maciez da pele de seu colo, onde eu me deitava para assistir novelas. O mesmo jeito apressado de me achar inteligente.

Verificar a realidade de Deus era minha obsessão. Na escola, nas brincadeiras, no banho, na rua, em casa, com amigas e sozinha, eu rezava. Deus era algo, um pensamento inquieto. Um pedido de fé. Duvidar era pecado. Mas era preciso duvidar. Vivia uma guerra, entre a paz da fé e a paixão da dúvida. No carro, no caminho para a escola, eu interrogava a entidade das paredes de tijolos das casas que tomavam as ruas. Questionava a corporeidade de minha irmã, que brincava de aprender a falar, e intrigava-me com o uniforme de meus amigos, sempre os mesmos. No vidro do carro, a existência corria em sentido contrário enquanto meu tormento implorava pela revelação da verdade.

Era impossível descobrir. Não conseguia mais brincar. No térreo do prédio, meus vizinhos começaram a rir de mim porque me distraía no meio de um jogo, assistia a bola ser jogada na minha direção e a deixava pingar, prostrada. Quando isso acontecia, eu era violentada pela pergunta: o riso deles existe ou não? Naquele tempo, rezei para parar de acreditar em Deus.

Fiz uma prece em despedida, perturbada. Pedi perdão a Deus, caso ele existisse. Decidi que era preciso escolher. Escolhi me jogar sobre a bola e correr atravessando a quadra. Escolhi sentir o peso da bola, o calor do cansaço, a alegria de estar entre amigos. Escolhi abdicar do olhar passivo, para me enlamear com a vida. Quis o presente sem nome. A paz sem fé. O amor. Rezei como meu último sacramento, minha extrema unção, pedindo a Deus que me libertasse d'Ele mesmo. No canto esquerdo de meu quarto ou de meu olho, notei, ascendendo aos céus, ou ao teto, uma imagem de Nossa Senhora. De cores delicadas, rosa e azul claros, a santa girava sobre si mesma, como um pião perdendo força, prestes a parar. Busquei olhá-la nos olhos, quando, então, se virou de frente para mim: estava chorando. Dos olhos de Santa Maria escorriam lágrimas. "Intercedei por mim, mãe de todos, livrai-me da fé".

Adormeci e sonhei com o diabo. Sentava-se no canto direito de meu quarto, na cadeirinha de minha infância. Era pequeno como eu. Vermelho como meu desejo.

Oceano

Seis cavalos trotam pela estrada. Os padres pretos tocam tambores. Os pés de trigo são colhidos com faca. Os tristes dançam. Os tigres dormem. É Carnaval. Meu peito ainda dança.

Fome

Os pescadores arrancam do mar seu alimento. Isso dá a eles liberdade em relação ao tempo, que escapa dos calendários e relógios. É regido pelos ventos e pela Lua. O mar tem gosto de sal e idade.

Quando o barco de Vinícius voltou só, Joelma passou quatro dias na praia, esperando o corpo do marido alcançar a canoa. Levavam a ela comida, bebida, roupa, água doce para banhá-la, cobertores para dormir. Nem na primeira chuva quis sair, os filhos imploraram de raiva, dizendo também terem perdido alguém. Ela não respondia. Abraçava quem lhe oferecesse ternura, mas enrijecia o corpo para plantar-se ali, caso tentassem tirá-la de lá. Quinho, o mais velho, já era homem de vinte anos, esbravejou e foi para o mar anunciando que traria de volta o pai.

A mãe ficou na praia chorando baixinho. Confundiu o sabor dos alimentos. Tudo tinha perdido o gosto. Mandava os pescadores saírem em busca de tilápia, porque farejava o odor. Era reconhecida por este dom, de perceber o aroma de um cardume à distância. Mas, a partir de então, era sempre alarme falso. Foi Luana, a filha do meio, quem entendeu. "Mãe apren-

deu a sentir o cheiro das coisas junto com pai na pesca, lá fora, agora continua cheirando algo que não existe."
Quinho chegou trazendo Vinícius na rede de pesca.

Recolhi pedaços desta história para conhecer a família que me acolhia. Luana disse que a mãe endoideceu. Gritou e arrancou os cabelos. Comeu areia. Quinho cuspiu no chão de raiva da mãe. Ofendia-se por não poder sofrer a perda do pai, por ter que lutar para não perdê-la também. Os olhos do jovem estavam esticados, corroídos pelo vermelho da fúria, que trincava em rachaduras de sangue um olhar que não podia escancarar mais. Quinho fora traído pelas águas que o nutriram toda a vida, queria arrancar explicação do mar. Berrou feito bicho feroz, de costas para o povoado, de frente para o oceano. Em um ímpeto, sacou o cinto e avançou em direção ao pélago. Seus pelos se enrolaram com as águas que tomaram a bainha da calça curta, o cinturão abria caminho no mar, perfurando-o com ódio. O herói ergueu a cinta, traçando um arco no ar com o braço, como quem recolhe para trás uma bola para ganhar força no arremesso, e dessa posição desceu um açoite no líquido salgado, enquanto liberava dos pulmões o grito. Insaciável de cólera, lançou mais uma chicotada nas ondas. Mais uma. Outra. Em um rodamoinho, as águas se levantaram como gente para enfrentar o rapaz furioso. Quinho era derrubado pelas ondas, mas se erguia como se lutasse pela vida, para tornar a chicotear o mar, que ganhou voz, dentes e olhos, vociferava gigante contra o filho enraivecido que insistia em violentá-lo. Deuses em um duelo, mar e homem, guerreavam pelo irreversível da morte. O chicote descia com agressividade, rasgando o caldo que fez nascer e morrer sua família.

Seu Pedro se ajoelhou ao lado do corpo de Vinícius, depois foi Beto, Juscelino, Francisco, Fátima, Jussara, Moara, José, Bento. Drelina levou Dito pela mão, menino ainda, recém-completados cinco anos de idade. O corpo do pai envolvido pela rede, mariscos, moluscos e peixes pequenos enrolados nos cachos do cabelo. O barco na areia, o mar indo e vindo salgado, batendo no casco da canoa, que tombava na praia, recebendo água em seu interior, fazendo a vista ser a do naufrágio de um navio. As letras cursivas caprichadas desenhando o nome da embarcação: Universo. Luana agarrada à mãe, segurando suas mãos para trás, impedindo-a de comer areia. O pai crescia ao se aproximarem, parecia um monstro do fundo do mar. As ondas se agitaram e lá longe o menino viu uma explosão delas contra as pedras, cortavam as águas em milhares de gotas, esparramando pedaços brancos. Os adultos ajoelhados encararam os filhos pequenos, baixaram o rosto. Quem estava de chapéu tirou. Dito foi atingido pelo senso de dever, quis saber a resposta para aquele momento. Quis produzir vida em sua mãozinha dada com a irmã, que suava e fazia os dedos entrelaçados deslizarem. A pequena soltou a mão, e o menino sentiu pavor, com os olhos implorou companhia à irmã, que deu dois passos e começou a rasgar a rede com mãos e dentes. Joelma correu e pôs-se a ajudá-la, todos se levantaram dos joelhos, sacaram facas e canivetes e puseram-se a libertar o corpo de Vinícius. Quinho se voltou para todos e caiu exausto no chão. Dito correu para o colo de Luana e se escondeu nos cabelos longos da jovem. O primogênito voltou à praia e ofegante contou: "Pai não foi para o mar aberto, estava perto de nós. Tentou puxar o arrastão no braço quando o mar se agitou e a rede se desprendeu da canoa. Era pesca grande. Não quis perder nada, tentou segurar o que conseguiu e começou a se enrolar na rede, enquanto o mar levava o bote para longe. Os peixes ainda vivos pulavam junto com o desespero dele. O barco sabia o caminho de casa. Chegou. Seguiu o vento. O pai, seguiu a corrente. Achei nas pedras, três praias para lá. O Universo nadou até aqui".

Nessa hora Seu Pedro tinha alcançado a mão do filho. Pouca gente notou, mas o velho recebeu de Vinícius uma concha, que estava enrolada nos dedos do náufrago. Houve um instante em que aquela mão grossa pareceu recuperar a vida para presentear o pai. Os dedos estavam rígidos, agarrados à rede, mas Seu Pedro separou cada um para pegar a mão do menino uma vez mais. Protegida, uma oferenda. Quinho se aproximou e notou que o avô tateava o búzio e lançava o olhar para o horizonte. Dentro das pupilas escancaradas do patriarca, o neto reconheceu um ensinamento que o acompanhava: "Um navio não é mais seguro que uma canoa. O que faz navegar e afundar é a natureza. Mais importante que conhecer o barco é conhecer o mar".

Vinícius era querido pela região. Filho de Seu Pedro, que parecia um rei, pele preta, barba branca e cajado para ajudar na caminhada. Ensinou Joelma e o filho a pescarem desde os quatro anos de idade. A menina tinha os pais confusos, iam e vinham entre a praia e a cidade, e a pequena às vezes sobrava sozinha. Sentia uma falta danada da família. Era carente e atrevida. Se lançava no mar, sem medo. Antes dela, mulher nenhuma pescava. Com pouco mais de dez anos, começou a colher marisco em mergulho. Seu Pedro conseguiu até um par de binóculos para acompanhar a aventureira. Quando ela fez quinze e Vinícius dezessete, arrumaram casamento. O padre veio da cidade e abençoou os dois. Na lua de mel, sumiram de barco pela costa. Quando Joelma fez dezessete, nasceu Quinho. Não quis parar a pesca. Com dois meses de vida, o bebê foi amarrado no corpo da mãe, e os três seguiram no mar. Criou os quatro filhos na ondulação. Dizia que o balanço aliviava o enjoo da gestação.

Seu Pedro ensinava a viver pelos cheiros e sabores das coisas. Cada peixe pescado era cheirado e apreciado. Cru e cozido. Na natureza e na comunidade. Treinava o faro, dizia que gente também era bicho, tinha que saber farejar. Sabia da chuva pelo perfume do ar. Acertava em quantas horas cairia a primeira gota. Ninguém podia mentir ao velho. Abria as narinas para logo sentir a farsa, reconhecia as mulheres menstruadas, os jovens apaixonados e as grávidas. Um dia confessou à nora que às vezes se cansava, que ter um olfato tão apurado era como ter os olhos sempre abertos, os ouvidos sempre tomados por barulhos. E nessas horas, para descansar, cheirava e comia pimenta.

Joelma perdeu o olfato e o paladar depois da morte do marido. Emagreceu dez quilos. Só voltou a comer com pimenta. Esqueceu como se pescava. Não se lembrava dos nós do prumo. Não conseguia mais perceber a direção do vento. Quinho se irritava com a mãe. Passou a ser o provedor da família e Luana a cozinheira e mãe dos pequenos. De tanta raiva, um dia foi picado por uma cobra e levado para o hospital. Quase morreu. Só assim Joelma despertou. Pobre mulher. Menos de dez anos depois, perderia a filha, Drelina.

Pés

Eu gostava do que o balé poderia oferecer de segunda chance.

Ganhei de minha mãe um presente: uma avestruz dançando estampada em uma camiseta. O desenho se assemelhava a um jogo de tabuleiro, no qual a ave avançava casas com passos de dança e encerrava o dia exausta, com os pés na água quente. Eu achava engraçada a imagem de um bicho desengonçado e elegante com as patas de bailarina em uma bacia. Mamãe achava o gesto carinhoso, minha professora de balé considerava fraqueza.

Cheguei sozinha ao teatro na primeira vez em que me apresentei em um palco. Mamãe não estava em casa desde o dia anterior. Havia uma lei entre as pequenas bailarinas: a dedicação de suas mães. Temia muito que me descobrissem, que não me deixassem fazer parte daquela segunda vida. No dia de ontem daquele dia, encontrei mamãe deitada na cama, gorda, a fitar o nada quando entrei no quarto de meus pais e coloquei sobre a penteadeira gel, escova, redinha, elástico e grampos de cabelo. Enxergou meus movimentos e compreendeu. Plantou as pupilas negras no chão. Eu representava para ela algo que não queria ver. Estava engasgada com a vida, que insistia em se repetir. Uma criança curiosa lhe dava pena e culpa. "O mundo ainda irá te trair, minha menina. Será cruel com você." De pé escovou meu cabelo e aquele movimento de puxar para baixo fios tão finos parecia a exposição de sua incompetência. Enfiou a mão no gel e emplastrou minhas madeixas, apertou firme aquilo tudo em um rabo, mas ao torcê-las em um coque não conseguiu torná-lo sustentável. Girava minhas mechas ao redor do centro da circunferência, em seguida eu sacudia a cabeça para testar a firmeza do penteado e tudo desmoronava. Meu reflexo no espelho captava uma face impassível, convicta de que venceria o desafio. Ignorava algo que escapava da miragem, o que sobrava do lado de cá. Um cheiro de Nada exalava. Um nada discreto e imponente, ela não conseguia fazer aquilo, de enfiar os grampos sem dó em minha cabeça. O segredo de um coque que não desmorone com os giros é a dor. Mamãe não era capaz de me infligir dor e sentia que era incapaz de ser mãe. Pela janela, o Sol invadia o ambiente, e seus raios eram absorvidos pela substância maciça de meus cabelos. Alguns deles fugiam e atravessavam o copo d'água ao lado do pote e, se eu inclinasse o pescoço, conseguia ver um pequeno arco-íris que se projetava no canto do espelho. Tentei alcançar as cores com a mão. Impressas sobre minha pele, violeta – anil – azul – verde – amarelo – laranja – vermelho, dançavam quietas. Dorso e palma da mão, dedos, nós, rugas, unhas, linhas: tingidos pelo fragmento de arco. Eu girava o pulso, frente e trás: coloridos como a tela de cinema. A luz, incapturável, cabia na palma da minha mão sem estar ali dentro. Minha mão mãe de arco-íris. Mamãe seguia em fúria, tentando provar a alguém que poderia ser a mãe de uma bailarina, que teria um coque que não se despedaçaria com as piruetas de uma criança. O pequeno arco-íris, concentrado em um ponto, furava a tristeza como um intervalo entre os tempos, escutei o barulho dos remédios sendo despejados na palma da mão de mamãe, a minha brilhava, acolhia o sol, a vida, a dela inverteu o copo d'água, extinguiu a luz, o arco, as cores, os goles grandes de mamãe caiu desmaiada.

Ela não estava comigo no dia seguinte. Papai não sabia como era isso de levar a filha para dançar balé, me deixou na entrada. Eu ingressei solitária. A porta era gigante, a altura da maçaneta era mais alta do que eu, tive que esticar o braço ao máximo e empurrar o peso daquele portal. Do lado de dentro era muito escuro, o teto inalcançável, suspenso por andaimes escondidos, pretos também. O corredor era imenso e meus pezinhos muito pequenos e tímidos. Vestida com o figurino, com um coque frouxo, executado por vovó, sem batom nos lábios, me pus a caminhar em direção ao palco. Concentrada na apresentação de minha professora, que ensaiava o solo antes de abrirmos as cortinas. A fada açucarada, coreografia icônica, hipnotizante para as crianças, torrões de açúcar em forma de dança. Ela me perdoava. E até desculpava mamãe. Meus pés se grudavam no chão e minhas mãozinhas uma à outra, à medida que fui chegando mais perto, alguns pescoços se entornaram na minha direção, a mãe das gêmeas, aquela mesma mãe de todas as crianças, tinha um pouco de baba nos dentes. Sua blusa de algodão e gola alta parecia aconchegante como uma mãe. Reparou que eu estava só, levantou-se e me acompanhou. Refez meu coque com uma segurança desconhecida para mim. Mas não conseguiu passar o batom. Disse que meus lábios eram finos demais e teve uma ideia, desenhou uma boca falsa em meu rosto e preencheu esta boca de mentira com a tinta vermelha.

Manu já estava lá há mais tempo, pronta há mais tempo, bonita há mais tempo. De olhos azuis há mais tempo. Eu amava seus olhos. Era minha vizinha, sabia melhor do que eu o que tinha acontecido no dia anterior e temia meu desamparo. Suas mãos macias me acusavam de ser triste. Eu queria a vida dela para mim. Dançaríamos juntas um solo no meio da coreografia, uma variação com a qual surpreendemos a todos por conseguir realizar. Estar ao lado dela me dava orgulho. Às vezes, à noite, em casa, eu brincava de ser ela, filha da tia Mara, de olhos azuis, roupas elegantes, brinquedos caros e uma rotina diária bem programada. Me imaginava usando seu cinto colorido, que me causava formigamento de tanta admiração.

Não seria capaz de vislumbrar que, quatro anos mais tarde, receberia uma ligação da tia Mara, me pedindo ajuda porque Manu não parava de chorar. Ela tinha desenvolvido este hábito de chorar de repente e não conseguir parar. Tentava se esconder no banheiro da escola, atrás da porta do quarto, até na despensa, um lugar pequeno e abafado. Eu não entrava lá nem no esconde-esconde. Dentro do azul dos seus olhos havia uma torneira que ela abria e jorrava água. Ficava com as bochechas vermelhas e, quando flagrada, assumia este vazamento contínuo, sem encarar ninguém. Se acontecia na escola, logo me chamavam e nós íamos para o almoxarifado. Ficava parada ao lado dela, esperando terminar de chorar. Eu acompanhava o desenvolvimento da infiltração. Algumas manchas vermelhas nasciam na face, a umidade ganhava força, até que brotavam gotas, um cano explodia e a chuva tomava seus olhos.

Naquele dia eu tinha acabado de voltar do balé, Manu tinha mudado para o sapateado. Na voz de tia Mara no telefone havia muito medo. A mãe de olhos azuis pedia ajuda a uma criança filha da mãe vizinha a outra. Fui à sua casa. Manu estava sozinha no escritório. Sentava-se em uma cadeira e comprimia as mãos. Chorava. No seu peito havia um peixe que tentava sobreviver fora d'água, batia as barbatanas com agilidade e deixava à mostra alguns espasmos. Seus ombros se moviam para cima e para baixo na velocidade dos alpinistas a escalar o Himalaia. Suas espáduas eram o Monte Everest. A infiltração dos olhos, uma onda gigante que toma a cidade de praia e invade a casa dos pescadores, deixando as cozinheiras com os tornozelos molhados à beira do fogão. A água não cessava. Tornava tudo líquido e puxava para fora do nariz uma coriza rala e transparente, que vez ou outra limpava com as costas das mãos. Não me encarou. Percebeu que cheguei. Manu estava na única cadeira do cômodo, então, me sentei no chão. Descalça, deixava seus dedinhos tortos e machucados à mostra. Nunca gostou de seus pés, sempre os escondia, sua única parte feia. Reparei em seu cabelo molhado de choro, grudado à face, formando mechas grossas. Eram lisos e claros os seus fios, repartidos ao lado, com uma presilha que cuidava para tirar a franja da testa. Aquela presilha era linda como seu cinto. Fui ao banheiro, liguei o chuveiro e coloquei debaixo dele uma bacia. Encontrei na banheira alguns sais de banho e voltei com um escalda-pés para Manu. Coloquei ali dentro seus pezinhos feios. Brinquei com a água, levei minhas mãozinhas em concha para suas canelas, onde despejei calor.

O som da água sendo derramada trouxe para perto de nós um chafariz com algumas árvores e pássaros. Do chafariz saiu um riacho, que descobrimos ao escavar a terra. Dentro da terra existe água. É a descoberta que as crianças fazem ao brincar no chão. No mato. Dentro daquele escritório cabia um rio, que carregou consigo a água dos canos dos prédios, das ondas gigantes, das enchentes e cachoeiras. Levou com sua correnteza a lava debaixo da água-terra-pedra-fogo. Assoprou o fogo, sobraram neblina, ar e água. O peixe encontrou o lago, nadou. Nadar é o mais próximo que chegamos de voar. Nadar é fazer do nada uma ação.

Oceano

Serei luz? Bife, carne, alimento dos vermes. Os vermes não sabem a diferença entre a vida e a morte de tão vermes que são. Comem os mortos por não saberem eles próprios se estão vivos. E o que vem depois do verme? Quando isso vira nutriente, volta para Terra e se transforma em poeira? Sobe para o Céu, escapa para o espaço, se torna estrela e volta luz, alimento das plantas?

Vou onda do mar, volto onda de luz.

Formigas

"Eu te amo."

O som veio dos olhos dele. De lá até tocar meus ouvidos, olhar, peito, corpo, escandiu o tempo, rasgou o ar, fez nascer o sopro quente, leve, alegre, tornou o intervalo entre as coisas ondas de som e luz, criando um campo magnético que me atraía para em sua direção. Meu peito foi atingido por um tiro e me contorci, um soco certeiro no coração, que dobrou minhas pernas, braços e cabeça para trás e lançou meus cabelos ao vento. Voei. Meus pés se descolaram do chão, ao que estiquei os joelhos e voltei a tocar o solo. Cresci para dentro da Terra, procurando com sede a água dos lençóis subterrâneos. Criei raízes e por minhas veias correram seivas enérgicas, velozes. Vermelhas. Fumegantes.

"Eu te amo."

Meus pés começaram a ser comidos por algo que me queria carne e sangue. Estava amarrada ao horror, e a seiva que me tomava se revelou insetos de um formigueiro que entrou em ebulição pelo meu pé cravado em seu seio.

Eu te amo. "Desculpa. Eu não devia ter falado isso."

Não. Devia, é claro que devia. O buraco que o tiro abriu puxou todo o ar como sugador de dentista, que tenta tornar civilizado o insuprimível predicado biológico da saliva. Na garganta havia trânsito de nós engasgados de dores antigas e minhas palavras saltaram para terminar o trajeto a pé, escalando os não-ditos do passado. Saiu um pigarro. Seguido de:

"Não. Não. É claro que devia. Eu também te amo."

As pupilas dele se abriram e em seu rosto nasceram confetes, serpentinas e labaredas que puxaram o sorriso como quem abre a cortina para o brilho dos dentes jovens de meu menino, que misturou sua boca à minha, estatelando em minha timidez uma alegria aguda. Da fronteira da testa com meus cabelos nasceu uma garoa salgada, que se misturou à neblina de meus olhos. Ele beijou meu rosto e tornou quente todo o meu medo. Correu para os meus lábios um júbilo que se debulhou em gargalhadas de crianças pequenas que gritam por não ter espaço para a alegria, a glória, a festa, a paixão em corpinhos tão ingênuos.

"Te amo."

E meu peito encontrou o dele, ao que meus pés voltaram a voar e as formigas me deixaram. Em seus braços me girou, e tudo correu pela minha vista, céu negro – estrelas – preto – branco – azul e um risco prata, seu riso.

"Te amo."

E caímos no chão, mato, formiga, espinho, flor,

terra, raízes, amor. Minha barriga encostou na sua, pele com pele e nesse instante éramos valentes, amantes. Pelos ralos e finos encostaram no meu púbis, me fazendo líquida e dele.

"Eu sou tua."

Oceano

Estou correndo para o seu corpo. Seus braços me contornam feito pele. Sou céu ou sua?

Água

O mundo todo pertencia à mamãe. Se acontecesse um terremoto no Haiti, um furacão em Moçambique, um atentado nos Estados Unidos, a fome no Brasil, tudo para ela era pessoal. Estava sempre em carne viva, tomando choque a qualquer toque, gritando de susto com o menor barulho.

Naquele dia fomos ao supermercado, o que eu achava uma chatice. Mamãe ainda não me deixava sozinha em casa e me obrigou a ir com ela. Estacionamos o carro e assim que descemos vieram duas crianças: "Oi tia, ajuda a gente. Compra uma bolacha, dá um trocado". Ela se sentou com eles no chão. Perguntou como se chamavam, onde viviam, se estavam matriculados na escola, quem era a mãe, o que gostavam de fazer. Eles estranharam. Os olhos da menina fugiram incomodados. Sentiam-se invadidos? Surpresos? O menino era banguela, sentou-se também. A menina era toda da mesma cor: cabelos marrons, pele marrom, camiseta, bermuda e chinelo: marrons. Os olhos, também marrons. Ela parecia querer sair dali com pressa. Mamãe tirou um papel da bolsa e o menino lhe perguntou se iria desenhar, ela riu, ele também, faltando dentes, então, desenhou para ele. Uma árvore. Ela sempre desenhava árvores. Caprichou nos traços, tomou tempo, aproximava e afastava o papel para avaliar a qualidade. "Está bonito, tia", respondeu o pequeno. Nessa hora, ela me buscou com os olhos à procura de alguma cumplicidade, não reparou que eu não entendia o que estava acontecendo. Preguiça, por ver a ida ao supermercado demorar mais tempo. Um tanto de cansaço, por estar sob o sol quente da tarde, exposta na rua, sem nenhum conforto. E ciúme. Ciúme deles, de todas as crianças serem as donas do coração de minha mãe. Logo abaixo da árvore, ela escreveu, com uma grafia bem delineada, o telefone da Secretaria do Desenvolvimento Social, com o nome da técnica que poderia informar a eles como entrar na escola e conseguirem cesta básica. A menina sentiu que ela logo se levantaria e cobrou: "Um lanche para a gente, tia?" E fomos nós quatro na lanchonete, antes das chatas compras do mês. Um misto-quente para cada. "E refri, tia?" "Não, suco de laranja, pode ser? Refrigerante faz mal, muito sódio." Comemos todos juntos, o menino colocou o canudo no vão entre os dentes, a menina riu e cuspiu suco na mesa. Caiu em mim. Senti nojo. Eles riram ainda mais, de boca aberta, com o pão à mostra sobre a língua. Não consegui mais comer. Mamãe limpou tudo com guardanapo. Toda criança lhe comovia como um filho. Tinha desejo de criar a todas, e insegurança para criar as suas.

Era assim também nos dias de chuva forte. Eu adorava quando acabava a luz e dava raio. Eu, Dulce e Manu nos reuníamos na casa de uma de nós e contávamos histórias de terror, brincávamos com as sombras, não encostávamos no ferro, nem ficávamos descalças. Pulávamos em cima da cadeira ou entrávamos debaixo do cobertor e gritávamos ao escutar um trovão. Era a alegria em forma de água. Tudo era risada, o medo era compartilhado e, portanto, tinha algo de coragem, estávamos juntas, protegidas e aflitas, corríamos o olhar na altura das mesas e nos escondíamos dentro dos armários. Com a lanterna, projetávamos estrelas no teto e tudo era graça. Qual a surpresa no dia em que voltei para a casa com o rosto em brasa de tanta farra e, ao celebrar a tempestade com minha mãe, ela apontou o jornal na televisão, sem tirar os olhos da tela, disse que as famílias pobres estavam perdendo as casas, os morros que sustentavam seus bairros desabando e algumas pessoas poderiam estar desaparecidas. Uma pedra angulosa desceu por minha garganta e esmagou meu peito. A pedra. Dura. Fria. Absoluta. O jornalista continuou a narração com timbre de voz entediante, impassível perante as imagens da enxurrada levando pedaços de casa para longe. Dulce caiu do sofá quando veio um raio e ela pulou, rimos e gritamos ao mesmo tempo, criando um som que não imaginávamos existir. Uma mulher enxugou as lágrimas, e o câmera não desligou a filmagem quando ela escondeu o rosto e o decote azul de sua blusa subiu e desceu com os soluços. A pedra cresceu, encolheu meus ombros, estatelou meus olhos. A vó de Manu fez bolinhos de chuva para a gente e contou a história do lobisomem, fazendo a neta chorar de medo e eu e Dulce gargalhar. Manu fez a avó prometer que dormiriam na mesma cama aquela noite. Mamãe com os cotovelos apoiados no joelho, e o rosto entre as mãos, puxava a pele para baixo, com o peso de suas palmas abertas e sem força, deixando à vista a carne vermelha abaixo dos olhos comprimidos de apreensão. A pedra deixou seu gosto na boca, terroso, áspero, sua imagem nos olhos, chumbo, negra, sem nenhum buraco. A criança na rua perdeu a casa na enchente. Na janela, admirávamos as torrentes de chuva atingirem o vidro, fazendo música. Os olhos marrons da menina. Os olhos azuis de Manu. A risada comprida de Dulce. O riso banguela do menino. As estrelas no teto, as pessoas sem teto. O peito manso da vó, o seio furioso da moça. A casa quentinha. A casa tombada. A pedra me tomou por inteiro.

Folha

Dito chegou tão perto de mim que esqueci de sua existência. Correndo dentro de casa, caí e deixei roxos e esfolados o joelho esquerdo e o cotovelo direito. Doíam como se meu coração tivesse ido parar dentro deles, e dormir exigia uma posição específica. Justamente quando a atingia, acontecia: o joelho totalmente livre de encontros com qualquer outra superfície deixava de doer. Antes de dormir, gastava tempo me observando e enxergava a dor partir aos poucos. Julgava-me curada. Mas, ao primeiro movimento, ela retornava inteira, intacta, latejando como se nunca tivesse cessado. Aquilo me intrigou: se está machucado, como para de doer? Se parou de doer, como volta a doer tão inteiramente? O meu amor por ele se tornou a dor no joelho esquecida. Presente, porém dormente. Ele me estendeu suas paredes, chão e teto, e meu lugar passou a ser o dele. O sofá encapado com tecido florido, muito próximo ao suporte de fórmica, que sustentava uma televisão agredida pela maresia se converteu na antessala de minha nostalgia. No canto esquerdo ficava a mesa de dois lugares. Em cima dela, os paninhos de crochê, lindos, feitos por sua mãe. Em toda parte: bolinhas de guardanapo sujo esquecidas por Dito.

Ele sempre se levantou mais cedo, saía para pescar na madrugada. Eu só despertava depois do Sol e me integrava aos trabalhos de sua mãe. Sobre a mesa encontrava o café da manhã, pão, bolo, frutas. Tinha apenas que passar o café, porque o dele já estava frio quando eu acordava. Deparar-me com aquele cuidado era viver em um banho quente, demorado, um batismo com água morna sobre a nuca. O prazer contínuo era a tradução da minha paz.

Dito passava sua mão áspera sobre a toalha e recolhia os farelos para jogá-los fora. Mas insistia em esquecer em qualquer lugar um guardanapo. Limpava a boca e as mãos amassando essas folhas entre os dedos, fazendo delas uma bolinha de papel. Levava esse rolinho aos lábios para em seguida abandoná-lo. Enquanto comia, brincava com ele. No início, eu considerava lindo tudo o que fazia. Seus detalhes eram a sua verdade. Até o estalar constante do pescoço, um tique nervoso que escapava de toda aquela calmaria, era atraente. Afinal, nada mais belo do que um homem que estampa a sua vulnerabilidade. Tudo era amor e eu conseguia permitir a ele que me amasse. Mas aqueles papeizinhos atiçavam toda a minha raiva.

Acordar e ir até a mesa, sentir o cheiro da melancia, mordê-la e deixar cair seu caldo era minha ereção. Encontrar atrás da fruteira aquelas bolotinhas brancas me causava nojo. Por que raios ele não era capaz de jogar no lixo aquele resto? Comecei guardando a minha irritação. Até que nunca mais recolhi os papéis e eles começaram a se acumular. Na faxina ele os dispensava, mas no dia a dia sequer os percebia. Eu às vezes os enterrava no quintal, no buraco da composteira, e cuspia em cima, jogando terra e ódio sobre eles.

Um dia, muito contente, trouxe a novidade: "A minha avó tá vindo pra cá". Nunca o tinha escutado falar sobre qualquer avó. "Dito, quem é ela?", perguntei. Aqueles dias tão iguais, perseverantes em seguir-se uns aos outros, tinham transformado meu afeto por ele em mais um órgão de meu corpo. O amor era agora um apêndice, escondido perto do intestino, de utilidade desconhecida e que só se tornava perceptível pela dor.

Contou que era Tina, a Vó Branca. "Você sabe, na minha família somos todos pretinhos. Só ela saiu clarinha. Ela cuidou de mim quando nasci, porque mãe tinha que olhar Drelina, minha irmã doente, te contei... Mãe chegou a falar que eu era uma bênção, para fazer feliz minha irmã, para viver sempre perto dela. Como se o porque de eu existir fosse salvar Drelina. Nada mais dava alegria para minha mãe. Só uma notícia de cura podia dar algum conforto para ela. A minha avó chegou então, minha linda, para me cuidar. Eu não era doente, mas era recém-nascido. Não sabia sobreviver sozinho. Tem até uma coisa esquisita."

Ele parou e coçou a barba que não tinha.

"Vó Branca me amamentou. Ela veio de longe. Tinha perdido um filho, nasceu morto. Meu pai não quis saber de quem. Falam que ela chegou espirrando leite no barqueiro. Tentou esconder, não queria que ninguém soubesse dessa gravidez. Mas minha mãe estava seca e eu, faminto. Ela me deu o leite do filho que não vingou."

Tinha tristeza e agradecimento nessa história. Culpa por ter roubado a mãe de um bebê morto. Por ter chupado os seios da avó, por ter se beneficiado com a sexualidade de uma mulher velha, ousada em uma gestação tardia. Sua fome foi o perdão da avó. Meu apêndice começou a pressionar o intestino. Lembro do médico que queria arrancá-lo: "É só um órgão vestigial, do tempo em que comíamos raízes. Hoje o estômago dá conta de tudo em nossa alimentação". Eu o quis mais ainda, quero os meus vestígios, quero as minhas raízes.

"Ela foi embora depois que Drelina morreu. Nunca mais nos vimos. Ela está chegando."

"Eu te amo, Dito."

Ele tinha aquele jeito fácil de se abrir, uma vontade de compartilhar a vida. Não escondia as dúvidas. Esse era o segredo de seu silêncio. Falava tudo para poder ficar quieto e caminhar com os pés abertos como os de um pato manso.

Minha sogra colocou a mesa do lado de fora, preparou peixe, arroz, camarão, salada. De sobremesa, cacau para chuparmos. Era um banquete. "Quinho logo chega com Tina." Ela veio de longe de novo, ônibus, barco, trator, voadeira. Quando entrou, a enxerguei miúda e sua imagem imponente ficou maior. Mirrada, enrugada, de trouxa na mão, como se o desconforto fosse um costume.

O almoço correu bem, Dito nos apresentou e ela sorriu. Seu lugar foi reservado à cabeceira da mesa. Assim que instalada, todos lhe fizeram perguntas e mesuras, ofereceram resumos breves da vida de cada um ali e dos demais da comunidade. Ela mal reagia ao que lhe contavam. Seu cansaço era a velhice. Não se cansava da viagem, cansava-se da vida. Não queria saber de ninguém. Queria ficar imóvel, parada, estar viva já era um grande esforço. Eram visíveis todas as suas forças concentradas em uma única missão: existir. Seu estado permanente se tornou aquele do moribundo, atendendo aos pedidos de entes queridos. "Fique comigo, não desista, não feche os olhos." Ela estava concentrada em manter o coração batendo. Aquela persistência parece ter nos constrangido e aos poucos a abandonamos solitária, sentada na ponta da bancada, e as conversas retornaram ao cotidiano. Ela se tornou um enfeite, um compromisso, uma obrigação. Passou a ser tratada com senso de dever. Tomei parte naquela deserção. Escutei um incômodo, o zumbido de uma mosca, e busquei a origem do ruído. Estava na boca da velha. Eu não tinha intimidade para assoprar seus lábios ou apontar para seu rosto. Não queria entristecer Dito, que, com os outros, não assumia que escolhia esquecê-la. Implorei, quieta, para que ela mesma abanasse as mãos para expulsar o bicho, procurei seus dedos com uma mirada. Quis discrição, os olhares em sua direção estavam proibidos.

Então, fingindo participar da conversa, estiquei o pescoço e avistei sua mão atrás da panela. Sua mão. A mãozinha de ossos retorcidos pela artrite, um arbusto do sertão, com dobras de pele caindo umas sobre as outras, enrolava entre os dedos, como um brinquedo, um guardanapo sujo.

Tarde

Todos os dias o horário se expressa pelo sol. Às quatro e meia, a luz beija o chão, torna a grama luminosa, quase amarela. Mesmo em dias cinzentos esse instante acontece, ainda que seja breve. Cada feixe verde grita em cores de cegar os olhos. As flores que restam rosas e tímidas nos cantos da imagem saltam como os beijos das crianças. O colorido agudo e oblíquo da despedida do dia enquanto uno, inteiro. Depois disso, o dia já não é mais dia, é pôr do sol. É o anúncio da noite, a beleza que quase desperdiça beleza, tamanha a beleza que transborda. Os jatos de tintas coloridas no céu em transmutação constante, no adormecer do astro e despertar das estrelas. Este exato momento: a tarde assusta por sua constância exibida. A tarde é o tempo da permanência. Proibida no calendário cotidiano do amanhã. A tarde é demasiadamente agora.

Vela

Tio Naldo nunca foi meu tio. Era primo de meu pai. Padrinho de meu pai. E meu pai fora padrinho de sua filha. Seria meu primo também, de muitos graus. Era um amigo, sobretudo. Alguém da família. Fiquei assustada quando o vi sendo velado na própria cama. Não me recordo com quantos anos eu estava, mas tenho a sensação de que todas as mortes aconteceram quando eu ainda era criança. Talvez seja a finitude que me acomete nessas ocasiões, e me dá a impressão de alargamento do espaço e tempo, onde me transformo em um ser microscópico, sem importância para quem sofre a perda, pequena, apenas. Com isso, descobri uma habilidade: na hora da morte fico invisível.

Atravessei portas e cruzei olhares sem chamar a atenção. A casa dele estava cheia, velas com cera derretida e pessoas passavam por todos os lados, meu pai foi firme em direção ao quarto mais distante da sala de entrada. Eu não estava acostumada a entrar lá. O corredor que dava para os quartos era um tanto intimidante. Era uma casa de velhos, com relógios de parede engajados em tiquetaquear, azulejos com ramalhetes nos banheiros, um contínuo cheiro de café, algo entre poeira e produto de limpeza no ar. Quando adentrei a porta do último quarto, tão apertado, cama de casal, cômoda, janela e armário com espelho, flores, tudo espremido, estranhei, Tio Naldo estava no leito. Morto. Sua filha, minha prima, minha tia, afilhada de meu pai, chorava de mãos dadas com ele. Até então, eu não sabia que era possível viver a morte com tanto carinho. Ela estava aprisionada nos hospitais e cemitérios, com velórios solenes em salões frios. Ali fazia calor. Minha tia-prima-amiga assoava o nariz, curvava as costas de ombros magros. Seus dedos de pianista esmagavam os de seu pai. O meu a abraçou e sobrepôs seus dedos aos dela.

Fiquei quieta na porta entreaberta, assistindo à saudade deles. Lá da sala chegava o som do recolhimento das xícaras de café e pedaços de torta sendo cortados pelos talheres de prata do faqueiro, presente de casamento da família, guardado para ocasiões especiais. Tio Naldo seguia deitado no ninho, confortável, protegido por travesseiros e almofadas, coberto com uma colcha estampada. As pálpebras fechadas, os lábios afastados entre si. Tive a impressão de que se me aproximasse iria escutar a respiração tranquila, veria escapar um ronco baixinho e sentiria sua mão quente. Tive certeza de que acordaria a qualquer momento. Os traços do rosto do defunto estavam todos descontraídos, não havia ruga alguma no velho. Aquele instante parecia suspender o tempo, a nascente da fusão entre vida e morte, onde a vida poderia esperar um pouco a dor passar e, desse modo, não ser mais vida, sem ainda ser morte, uma breve experiência da eternidade, vácuo da presença e ausência, afinal, o cadáver era meu tio. O velório é um pêndulo entre passado e futuro, tão lento que os unifica em uma coisa só. Observei sua orelha, comprida, infinita. Continuou a crescer enquanto seu corpo definhava. Meu tio morreu de velhice e seu corpo diminuiu, mas suas orelhas e nariz nunca pararam de crescer. A imponência de uma orelha gigante perante um corpo miúdo me atraiu. A ela quis lamber, morder, comer. A morte me nutria, o morto me pacificava. Família são aqueles a quem conheceremos a morte.

Oceano

Eu estou aqui, Dito. Ainda estou aqui. Sinto o toque da sua mão, o seu sorriso, cheiro, passos ágeis, entre a corrida e a caminhada, correm dentro de mim, o seio de sua avó te amamentando, aquela pele áspera e frouxa está agora em minha boca, o leite escorre pela garganta, seus pensamentos, seus dias... Ah, sua dor acontece em meu peito, o sangue quente e veloz infla e desincha cada veia que desenha o mapa em minha pele, branca, roxa, azul, eu ainda estou aqui, Dito.

Nuvem

A sombra furava o calor e nos dava a chance de refrescar os olhos na paisagem. A textura macia da canga oferecia contorno para a areia fria receber nosso peso feito uma cama. Os braços de Dito me desenhavam. Nos ouvidos, o sussurro que o mar traz da história passada de povos distantes.

"Você já viajou, Dito?"

"Eu já fui para São Paulo e cheguei em Ubatuba. Morei lá um ano. Fui mais meu tio. Bonito lá, o mar tem onda. Aqui não tem tanto assim."

"E o que você achou das ondas?"

"Ah, eu gosto das cores. Disso da água ser transparente, mas quando a gente olha o mar, parece azul e na onda, quando quebra, é branca."

"É bonito mesmo. Também gosto." O céu e a água. "Você pegou onda?"

"Peguei. Não deu tempo de ficar bom... Mas aprendi um pouco, tinha algum talento."

Dito queria que seu mundo fosse meu. Tombei a cabeça para o céu, deitei as mãos na barriga.

Os dias passavam nessas descobertas. Um calor de tédio e paz. Dito arrumando trabalhos de pesca e construção, vez ou outra um passeio para turista, na procura das piscinas que se formavam entre os escondidos corais. Eu gastando minhas economias no mercado e aluguel, esperando pelo fim do dinheiro ou do tempo. Às vezes ia com ele tirar uma canoa furada do mar, bater uma laje, além dos períodos que cozinhava com Joelma, entre outras vidas domésticas.

Em certa tarde Joelma estendeu os palmos sobre mim, a medir meu corpo. "Você está precisando de roupa. Vou te fazer um vestido novo." Me virou de um lado para o outro e se deu por satisfeita.

Quantas marés subiram e baixaram, não sei dizer, até o momento em que minha sogra apareceu com o vestido branco, longo, todo de renda. Um vestido de noiva. A renda costurada como a espuma do mar, branca e efêmera, prestes a se desfazer na rarefação da água, encruzilhada em teias, do mesmo modo que o cruzo das religiões no interior dos brasileiros, um mosquiteiro clarinho feito nuvem, um lenço a captar o ar que movimenta o mar na espuma que se deita sobre a praia.

Hoje quando acordei com uma roupa azul, sem conseguir me levantar, Joelma me arrumou feito noiva, e disse que, azul e branco, me vestiam de mar. Na água me diluo desde as cores que sustento; nas ondas, me misturo.

Pedra

No caminho para a rodoviária, me despedi de São Paulo com uma imagem. Aquela mulher. Esqueceu-se de viver. No último horário do trem, ainda cheio, sentada, invisível. Os cabelos eram curtos o suficiente para revelar a preguiça e longos o bastante para se esconderem presos. A tinta, na metade do comprimento. Os brancos se exibiam gloriosos. Nenhum fio era tímido, escapavam grossos feito pentelhos. Contornavam um rosto redondo, feito só de olhos. Redondos. A boca se mesclava à pele pálida. O nariz humilhado, baixo. Os olhos escreviam o abandono. Não havia tristeza ali. Apenas cotidiano. O corpo sentado na beira da cadeira, apoiado em pés atentos, prontos para a estação que se aproximava. As mãos corajosas se enfiavam em um saco plástico, de onde saíam com biscoitos de polvilho. O jantar à meia-noite.

Nome

A soma de tudo o que existe é o Universo. A totalidade de tudo. O todo absoluto. Reunido em uma unidade. O nome que diz tanto que só significa a si mesmo. O nome próprio, a única palavra autorreferente. Universo. Nome do barco de Dito.

Hoje questionam a possibilidade desta unidade tão categórica e abrangente. O Universo seria nosso estado de presença. Móvel e mutável. Quando desenvolvemos tecnologia para observar as estrelas, vimos que elas se afastam umas das outras, nascem e morrem, esfriam. A paciente observação dos céus nos fez descobrir que o Universo está em expansão. Descobrir as leis de tal crescimento, a constância de seus movimentos, nos permitiu deduzir os estados anteriores da realidade: se estamos crescendo, é porque já fomos menores um dia. Com estes modelos, chegamos um dia à hipótese do Big Bang: o começo de tudo, a explosão que teria ocorrido há mais de treze bilhões de anos. Sempre me impressionou a inocência deste nome: Big Bang. Somos forçados a dizer em português: a grande explosão. Mas é mais do que isso. É menos do que isso. É o grande Bang! Como os "bangs" das histórias em quadrinhos. Uma onomatopeia. Algo anterior ao nome. O BANG!

Aristóteles entendeu que havia no espaço um vazio, um quinto elemento da natureza: o éter. O intervalo entre as coisas. Os seus quatro elementos se tornaram a tabela periódica: os ingredientes do caldeirão do mundo. Mas nem tudo é matéria. Há um buraco entre os entes. O vácuo, tão necessário ao mundo das coisas, o vazio que possibilita o movimento da matéria, que permite a existência da energia. O vazio para o qual caminhamos, que atrai cada partícula, gera a energia do vácuo, a força que faz o universo expandir, que puxa cada átomo para se desprender de seu todo anterior e lançar-se ao infinito, ao inominável. As coisas o atraem de volta, a força da gravidade. O enfrentamento entre estas duas forças sustenta a inércia, aquela que permite alguma estabilidade no Universo, o que oferece condições para que a matéria possa se desenvolver. Tanto que um dia pôde se diferenciar até o ponto em que gerou a vida. O vazio é um traço necessário.

O banal, o cotidiano, o de sempre. A força que nos lança e enraíza. Amar é algo que fazemos nos intervalos. O tédio que sustenta o Universo.

Oceano

Está escuro. Sinto o negro do céu. Estou flutuando em um poço fundo. Não caio. Estou parada no ar. Acima de mim, dos lados e abaixo, tudo é preto. Sem som. Sou uma nuvem misturada ao lapso do abismo. Estou em toda parte do nada. Estou chovendo. A chuva nasce do ponto enxuto. Estou seca e úmida. Há um ponto em mim. Um pedaço distinto dos outros. Sou água e ilha. O mar bate na areia e avança sobre o hiato desidratado. Líquido e terra. Praia. Sou uma praia. Sou. Se estou seca, então também estou molhada. Sou a junção desses fragmentos. Tenho um corpo. Sou. Há uma força que não me deixa cair. Que sustenta este ponto seco. Esta força se espalha. Algo dela está debaixo dessa trégua. Pressiona meu ponto líquido-sólido. Meu corpo. Minha cabeça. Meu rosto está fora d'água. Respiro! Sinto um toque na nuca. Não estou só. O mundo está ao meu redor. Há água e céu. O escuro começa a clarear. Crianças esticam os dedos e furam o breu da noite. Polvilham açúcar na calda de amora. Azul. O azul volta a nascer. *A noite tá que é um dia*. A força que me acaricia me esquenta. Há um tecido quente sobre meu rosto. Um sopro me atravessa. É uma voz, está dentro de mim. É minha. Me disse algo que agora é meu. É a Lua. A Lua. A Lua nasceu. Está branca no céu. É o recado do mundo.

Universo

Os Pés se entrelaçavam, cordas costuradas na formação de uma rede de Pesca. Corriam descalços e velozes. Alguns enfeitados com tornozeleiras coloridas. As solas dos Pés eram brancas e sujas de terra e areia. Um carnaval violento. Não havia margem naquela visão: frente, trás e lados, tudo – Pés. Uma rede infinita que se espraiava sobre o cardume pisoteado. Os Pés batiam firmes sobre o solo, cada calcanhar esmagava a parte que lhe cabia no assassinato de um monstro. Os movimentos dos Pés se aceleravam de modo contínuo. Ávidos por algo que não se alcançava. A poeira se erguia vermelha do chão. Trotavam rápidos e tropeçavam uns nos outros, sem terem onde pousar os Pés. O som era obstinado. A batida de um coração sem Pés nem Paz.

O ruído se distorceu para se tornar socos em madeira. Batidas urgentes. Os pés se tornaram mãos a arrombar a entrada de uma moradia.

"Dito, acorda!"

Despertei como se entrasse em meu próprio sonho. Dito, ao meu lado, saltou. Os murros na porta anunciavam a emergência.

"O mar, Dito. Corre!"

Abriu. Quinho chorava, o puxou pela mão e sumiu com ele. Fui logo atrás, vi o céu roseando, no anúncio do nascer do Sol. Pelas vielas, circulavam pessoas a convocar toda a comunidade. Havia urgência na velocidade das pernas e força dos gritos.

"O mar!"

Caminhei calma, o vento ainda era frio, conservava a madrugada. Todos entendiam a premência, acudiam com prontidão aos chamados. Pareciam ter uma linguagem própria, eu via a dança das abelhas, que com seus movimentos comunicam umas às outras onde encontrar alimento e lugar para morar, ou os micélios, gigantes subterrâneos que colocam as árvores em contato entre si, todos disponíveis uns aos outros, com presteza para atender às águas,

"O mar!"

Gritavam feito os jornaleiros do século XIX, que bradavam "Extra! Extra!" ao anunciar os colapsos, guerras e escândalos. Fui me tornando invisível no meio de um código que não era meu. O céu cor-de-rosa começou a amarelar e deixou mais aberto o azul que se espalhava pelo ar. A estrela da manhã se despedia.

Crianças, velhos, namorados, grávidas, mães, jovens, o doutor, homens, mulheres, todos avançavam em direção à praia. A densidade do ar aumentou e o calor lambeu minha pele. O azul tomou o céu. Pelas frestas das árvores que beiravam a areia, as lâminas do sol cortavam o ar. Dito na proa do barco. O arco-íris estampado em seu peito molhado, no intervalo entre uma braçada e outra no nado crawl em mar aberto. A joanete a escapar das sandálias de Joelma. Os grãos de areia descansando na curvatura dos meus cílios. As crianças correndo ao meu lado, conscientes do perigo a ser evitado. As pernas de meu pai. Envoltas em calça jeans, encerravam-se em tênis confortáveis, que corriam. Estanquei meus passos. Pessoas, casas e ventos misturavam-se em uma massa homogênea que desfilava em velocidade acelerada, paralela a mim. Do que meu pai corria? Eu o acompanhava. Ele movia braços e pernas como um boneco articulado, numa coordenação perfeita. Seus dentes amarelos encerados por saliva refletiam a luz do sol. Corria comemorando contente a brincadeira. Estávamos na rua de casa, virando a esquina, tocou meu ombro e disse:

"Vamos ver quem chega primeiro?"

Eu disparei, minha pele branca tornando-se corada, os fios de cabelo irrompendo o rabo de cavalo e insurgindo sobre o rosto. Corri com quatro anos de idade na corrida com meu pai. Corri com seis anos para subir ao palco pela primeira vez. Corri para descer o escorregador que nunca quebrou meu braço. Corri da internação. Corri para entrar na faculdade. Corri para alcançar o céu. Corri dos médicos. Corri de minha mãe. Corri de meu pai, corri com meu pai. Cheguei à praia.

Meu corpo se rompeu, o sentido da visão fugiu de mim, como às vezes minha perna desobediente se recusava a realizar algum movimento de balé. A alma lhe cobrava a dança, mas os músculos não erguiam a carne. Eu enxergava algo que não existia em minha memória ou imaginação. Neste momento, me comuniquei com a comunidade, paralisada, interrompida, feito um vídeo pausado, com gestos pela metade, uma boca torta em um vocábulo suspenso, um braço erguido em um movimento interrupto, um passo no meio do caminho, sem se deslocar. Nasceram pessoas sobre os pés, que desaceleraram e se enraizaram à beira da água salgada. Negra.

O sol alcançou o centro do céu, humilhando a todos com um calor abusivo, sem fronteira nem descanso. O ar tornou-se grosso, quente. Aquele assombro durou o tempo da alvorada. Corpos quietos, expostos à luz forte que queimava como um castigo. Tombávamos para a direita ou esquerda, em rebolados lentos, para descansar uma perna e outra, no revezamento da distribuição do peso de nós mesmos. Corria a paralisia da ausência de representação para o que os olhos avistavam. Cotovelos e punhos começaram a se dobrar na intenção de levar as costas das mãos para enxugar o suor das testas. Havia um cordão humano de bravos guerreiros que tomavam a dianteira, impedindo a aproximação daquilo que aterrorizava. Os olhos apertavam-se na direção do horizonte na busca de porquês. Tudo estava preto. Até a linha fronteiriça com o céu.

As canelas de Beto tomadas por areia. As feridas da boca rachada de João. As unhas sujas de sua mãe. A correntinha da santa no pescoço de Léo. Os cabelos no peito de Quinho. As gotas de suor no buço de Luana. Juscelino coçou o ventre, arranhou a pele seca. Deixou marcas brancas e vermelhas e um som repetitivo e entediante. Nós todos escutamos. O vai e vem das unhas embalou nossa apreensão. Até as crianças estavam em silêncio.

Joelma erguia o pescoço, como quem encara o opressor sem temê-lo. Me apequenei entre suas rugas, escorri pelos sulcos e fossas daquela pele marcada. Ao redor dos lábios, desciam os contornos do bigode chinês. Dos olhos, irradiavam os pés de galinha, firmes e contínuos feito maquiagem, efeito do sol a amiudar os olhos todos os dias. A testa era cindida ao meio por um vão. Rugas de expressão. Afetos constantes, invisíveis, que, por isso mesmo, moldam um rosto como argila, do mesmo modo que o mar arranha a areia no ir e vir da maré e impede o chão de ser plano, costurando o solo em pequenas ondulações, fazendo da terra o negativo da água. O rosto dela era o avesso do mar.

Quinho foi o primeiro a recuperar a habilidade da fala. Virou as costas para o oceano e lançou palavras sobre nós.

“Isso é vazamento de óleo.” Anunciou mascando o vento. “Não vem daqui, não. É lá de fora. Todo pescador sabe que a maré arranca de longe.” E bateu as mãos na lateral das pernas, à maneira das crianças indignadas, desapontado de raiva do cinismo com o que deveria ser óbvio. “Deve estar tomando outras praias, a ilha inteira e toda a região. O mar e o vento não param de correr, tudo o que se derrama neles, se espalha pelo planeta.” Dançou as mãos apontando para o mar. “É óleo demais. É tóxico, deixa a gente doente.”

Quando disse doente, a palavra correu por todas as bocas, destampando as línguas, como se tirasse a rolha de garrafas de vinho. Espumando feito champanhe, os sons saíam pelo vão entre os dedos dos pés, o espaço que separa os joelhos, o umbigo dos ventres, o riacho do suor dos corpos, as veias dos olhos, ranhuras dos cabelos, sujeira das unhas, as peles gritavam, desencontradas:

– Doente – é o diabo, Quinho! – Eu nunca vi isso antes – Mas que tipo de óleo é esse? – Doente – O que é isso que entrou na nossa casa? – De onde vem? – Doente – Óleo sempre chegou aqui na praia. Os navios abriam os porões e desafogavam aqui. Até ser proibido. A gente era tipo a privada deles. Mas essa quantidade toda, nunca vi isso! – Doente – Acabou. Acabou! O Brasil acabou. Fez noite no dia, fez noite no mar.

–

A mancha começava no horizonte e alcançava a areia. Tudo estava escuro, não mais azul, nem verde, nem branco. Era o retorno do fundo infinito, uma imensidão sem borda.

Juscelino tinha os olhos na ponta dos dedos. Foi o primeiro a romper a barragem humana, esticou o braço feito tromba d'água a estourar os diques para alcançar o demônio negro. Enlameou as mãos de óleo para enxergar a tragédia. Incrédulo, pegou cada vez mais porções de preto. Tateou, sentiu a textura gordurosa e cancerígena da peçonha. Cheirou o perfume oleoso que não tinha com o que ser comparado. Ameaçou comê-lo quando Quinho o impediu:

"Chega! É petróleo. É o que a terra produziu em milhões de anos debaixo do mar e dos morros. É o veneno da cobra que vive no umbigo do mundo. Vai tomar a areia, os rios e o manguezal. A gente precisa da prefeitura para fazer barreira flutuante, barreira absorvente, para colocar navio de contenção no mar. A gente não segura isso sozinho. Não temos nada disso aqui. Tem que ir para o alto-mar. O que chega na areia é a parte final."

Fátima se ajoelhou, gritando "só Deus pode nos salvar!", e esticou as mãos aos céus, quando recebeu, palma com palma, dedos entrelaçados feito caranguejos, a mão de Luana que não acreditava em Deus,

Moara, do candomblé, Guto, católico que tinha um dia seu nas festas de junho, Jussara, que já teve um dia, mas não tinha mais porque virou evangélica, a corrente toda foi dando as mãos e rezaram orações distintas, xingamentos políticos, ave-marias, pais-nossos, preces, mãos juntas, gargantas abertas, gritos pessoais e unificados:

– Salvar – Deus nos perdoe, Deus nos livre – Salvar – Pai, perdoai a quem não sabe o que faz – Cadê a prefeitura? – Salvar – Deus nos proteja – Ave Maria, cheia de graça, o senhor é convosco – A culpa é do presidente! – Bendita sois vós entre as mulheres, bendito é o fruto do vosso ventre – Sem partido! – Canalhas! – Santa Maria, mãe de Deus – Desgraçados – Rogai por nós, os pescadores – Agora não é hora de nossa morte, amém.

As falas, rezas, xingos se misturavam em algo que era o grito de várias vozes e sentidos. As palavras aos poucos foram sumindo e ficou apenas o som alto, que rosnava direto da goela aberta, o berro animal do medo. As mãos abraçadas deixavam chorar das palmas gotas de suor, que deslizavam pelos pulsos e umedeciam os corpos já molhados pelos cuspes das falas de dor.

Quinho cortou o desespero com a sua melancolia e raiva:

"Vai matar os peixes, poluir os mariscos." Dava nome à ausência de nome dos gritos coletivos. "Vai sufocar o fundo do mar e os corais. Vai acabar com nosso alimento. Com nosso ganha-pão. Eu nunca vi nada disso, minha gente. É um horror."

Quinho estava bravo, alto, forte, de barba negra e voz grossa. A calça curta era seguida de uma camisa aberta, que emoldurava um peito firme pleno de pelos. Tinha viajado, sido voluntário em ONGs de proteção ambiental, recebido treinamento para acidentes com vazamento de óleo. Com olhos pequenos para focalizar a fúria, pousou uma mão na cintura e a outra ergueu em riste para organizar a comunidade.

O petróleo tomou tudo. A areia estava fúnebre, pontilhada de manchas de dois, três metros quadrados, que eram continuamente regurgitadas pelo mar. Cada porção de gosma tinha a espessura de um colchão de luxo, no qual nunca ninguém ali havia dormido, mas conhecia de ouvir falar da cama de casal dos donos da fazenda que dominava a ilha. O óleo tinha atravessado a rebentação. Foi além da dor.

O piche alcançava a praia com o calor do alto sol. Estava fumegante, borbulhando. Exalava um gás que quem respirava se intoxicava. Os olhos de Moara se reviraram e ela quase caiu, quando Guto e Luana a seguraram e os três se sentaram. Imaginei o que as pupilas voltadas para as costas dos olhos poderiam enxergar. O breu? Naquele dia tudo estava preto.

Quinho deu ordens para cada um, de modo que as mãos foram se soltando, e começamos a nos mexer. O burburinho principiou e a voz do orador aumentou:

"Mãe, você tem telefone, pode ligar pedindo ajuda? Vamos juntar todas as redes que temos, baldes, sacos de lixo, bolsas, malas, vassouras, rodos, pás. Vamos arrancar o que estamos vendo, o quanto antes. Vai acabar tudo, vai morrer tudo, sujaram a nossa casa."

Léo se aproximou com o chapéu esmagado entre os dedos e se ofereceu para procurar a imprensa, filmar e fotografar para divulgar nas redes sociais e angariar voluntários. Desse seu movimento, a comunidade passou a existir no mapa. Até então, aquela praia não aparecia na localização da internet. "Vai durar dias. Precisaremos de ajuda", disse. Moara, menos nauseada, juntou-se com Dora e as duas se disponibilizaram para fazer sanduíche e buscar água doce para todos enquanto trabalhavam. De imediato, as mulheres anciãs começaram a fazer um fogo de chão, à semelhança da fogueira de São João, que dura um mês sem apagar, e inauguraram na praça uma cozinha sem pausa. Chegou comida de todo canto, as casas e restaurantes viraram de todos. Os serviços da comunidade se tornaram um só: a limpeza da praia, o resgate do mar. Luana anunciou que buscaria as ONGs. Até o dono do mercadinho falou que abriria as portas para pegarmos lá dentro o que precisássemos: "Água, luva, bota, saco, balde, espátula. Peguem tudo". Quinho lembrou das máscaras, "ninguém deve respirar o óleo, todos de máscaras", ao que Fátima e Francisco falaram que fariam máscaras de pano, enquanto não chegavam as máscaras próprias que Quinho disse serem necessárias. Lucas quis fazer uma campanha de doações e se juntou a Léo e Luana nas articulações. Bento se prontificou a buscar um médico que passava a temporada ali e morava na capital. "Ele é gente boa e vai vir ajudar." Foi a ideia para Jussara abrir a pousada e mandar e-mail para todos os turistas virem se somar ao mutirão, com estadia gratuita. Alguns marinheiros embarcaram para as cidades vizinhas para pedir informação e material. O que Quinho começou extrapolou, e viramos todos um organismo único.

A gosma preta era pesada, escondia-se sob a superfície das águas e aparecia na praia, sem cessar, como vilão de filme de terror, que anda com lentidão e sempre alcança aquele a quem persegue, que, por sua vez, corre acelerado. Aproximei-me do cordão humano e vi a espuma do mar vomitar um peixe morto, preto. Um peixe que morreu afogado. João, o pequeno valente, gritou quando a cabeça de uma tartaruga emergiu preta no meio da água. O menino se desvencilhou dos braços da mãe e correu em direção ao animal. Foi dada a largada. Muitos começaram a arrancar com a mão o óleo sob os pés, outros seguiram as orientações de Quinho e foram para casa buscar os itens, o comandante assustou-se:

"João, não! É tóxico! Muito!"

Enquanto alguns imitavam a criança e se jogavam sobre as águas para junto dela limpar o mar e os bichos, outros falavam e gritavam. O capitão tentou impor ordem:

"Ninguém pode encostar a pele no óleo! Dá câncer, vômito. Vamos todos passar mal."

Estava violento, mexia os braços com força, dizendo não com o corpo inteiro, riscando o ar de um lado ao outro. Vi à minha frente o mesmo homem que tinha chicoteado o mar. Imperador.

"Peguem todas as luvas, meias, botas e panos que tiverem. Tragam pranchas e canoas."

A comunidade inteira se mexeu, o General virou-se de frente para o menino João e foi em linha reta até ele. O Gigante que conhecia o poder mortífero do óleo, jorrando raiva através dos lábios, falando pelos cantos da boca, cuspindo palavras como quem cospe dentes depois de nocauteado, seguiu firme na direção do pequeno. Quando pisou na água, assustou o líquido que começou a correr. Deu mais um passo, movendo-se com uma bola de chumbo atada aos pés. Ao segundo passo as águas fugiram, abriram caminho entre ele e o menino. Lá estava João, com a água na altura da cintura, o peito aberto, braços esticados, mãozinhas voltadas para nós, pescoço um pouco tombado para a direita, olhos fechados e a boca aberta. Implorava ao ar que lhe tomasse os pulmões, mas uma película fina de Nada se colou em seu rosto feito plástico, a bloquear a entrada das narinas que lutavam por fôlego. As pálpebras esmagavam-se, faziam as sobrancelhas inclinarem-se tristes, a oferecer e pedir ajuda. O rosto sujo de graxa estampava a entrega de quem tem coragem de assumir o próprio desamparo. De quem ainda não tem idade para se cuidar, mas está de prontidão para proteger a mãe. Exausto, roubou o sol, atraiu para si o astro e concentrou na pele um ponto luminoso, o brilho ofuscante do abandono. O calor era tanto que irradiava a partir do garoto no mar. Aquela dor era emoldurada em orelhas de abano, que denunciavam sua infância. Em seu cabelo formou-se um topete, o unto lhe serviu de vaselina. Mechas grossas se empinavam rígidas. Abaixo do pescoço, tudo era petróleo. Vestiu-se de óleo, um poncho negro costurado em um emplastro corpulento. A espessura daquele fluido viscoso, sólido amorfo como o vidro das catedrais que escorrem após trezentos anos de exposição de cenas bíblicas, tornava o menino um centro de gravidade que atraía as águas do mar e as escoava como um ralo. Ao redor dele se abriu um terreno cercado de arame farpado, território proibido, bicho inorgânico que o fagocitava. Logo atrás erguia-se uma onda negra. A gente ia com ele até onde ia nossa solidão.

Com rapidez, muitos barcos zarparam ao mar e saíram a pescar petróleo. Fiquei entre os aterrados a coletar óleo como flores venenosas. Na praia, observei Dito. Uniu suas mãos para segurar a ponta de uma rede, com pressa ergueu os braços para cima, fazendo-os girar para trás, para pegar velocidade e lançá-la ao mar. Com ele correram mais três para recolher o óleo capturado. Em pouco tempo – desse dia que acolheu dentro de si semanas, meses e anos, que para uns foi uma quinzena, para outros um trimestre, para nós é até hoje –, descobrem a insuficiência das sacolas plásticas e trazem de longe sacos de material próprio a esse armazenamento. Suspendem nas árvores enormes bacias para proteger o solo do contato com o tóxico e lhe tampam para que o calor do sol não derreta o líquido-sólido venenoso. As crianças querem ajudar, gritam pedindo funções, são a extensão em corpos pequenos do que vivem todos ali, assustados e dispostos a lutar contra o mal. Os meninos insurgem aos pulos, de olhos negros e reluzentes, se prontificando para qualquer função. Tornam-se os mensageiros. Levam recados na velocidade dos pés em brincadeira e trazem materiais e pessoas quando requisitados. Seu Pedro conta que quando tinha quinze anos viu os primeiros empresários chegarem à praia sem energia elétrica, querendo comprar uns terrenos para fazer resort. Naquela mesma ocasião, foi pescar no mangue durante a noite, quando avistou uma canoa clara com um sujeito inteiro branco nos cabelos, pupilas, lábios, unhas, tudo sem cor. Aterrorizado, não conseguiu se mexer e viu o homem vomitar um líquido preto sem fim. Correu desesperado do fantasma e nunca mais pescou na madrugada. "Aquilo foi um presságio desse desastre de hoje." Um jovem de corpo liso mergulha e arranca do fundo do mar a sujeira. Entra e sai da água com a pele tingida de preto, anuncia a ardência do contato com essa substância, mas diz: "Qualquer ferida vai valer a pena, logo o médico chega". As marisqueiras, habituadas a pescar a nado, disparam para salvar os animais inundados pelo invasor. Um grupo foi cercar o mangue, fazer barragem de rede, tronco e alga para proteger o berçário da vida. Francisco traz a primeira leva de máscaras e amarra no rosto de cada um. Alguns o acompanham na distribuição. Bocas – dentes – sorrisos são tampados por cores de retalhos, as pessoas se divertem na escolha do tecido que lhes protegerá. Alguns vão em direção às pedras que ladeiam o mar e são envernizados pela tintura mal-vinda. Levam consigo os objetos de metal e iniciam a escavação. Arrancam negrume e seres vivos próximos da agonia. Uma menina acaricia uma tartaruga que se debatia soterrada nas pedras. Gritam por ajuda e muitos se deslocam para oferecer vida a mais um cágado ameaçado. Três se unem para levantar pedras que a comprimiam, dois a pegam no colo e lavam a bichinha com água doce. Coitadinha, tem os olhos empretecidos, e o casco com óleo encrustado. Levam de volta para a praia, onde a mãe de João recebe e a transporta no carrinho de mão para a piscina da pousada, destinada a abrigar os sobreviventes. João e mais alguns cavam com a unha a casa da amiga, invadida pelo descaso no mar. A grossura do petróleo exige dos lavradores das pedras a dedicação de muito tempo. O som das espátulas e pás arranhando a aspereza da superfície concreta das rochas arrepia os pelos dos ouvintes. José do mercadinho coloca algodão no ouvido dos homens das pedras. Volta brincando com uma bola preta entre as mãos amarelas de luvas. Correm contra a velocidade da maré, que em breve começa a subir. "Teremos que voltar à noite e trabalhar no escuro adentro, quando a maré está mais baixa. Temos que limpar ao máximo antes que a maré leve tudo de volta para o mar, para os corais, para o manguezal." Chegam notícias, voluntários a caminho, doações de água, alimento, máscaras, insumos, medicação e equipamentos de proteção em geral. Sem perceber, constroem um comitê, que se reúne a todo momento e cria um jeito de curar o que não se conhecia. Alguns usam botas, outros meias, outros chinelos, outros ainda chinelo e meia. Uma garrafa d'água é entornada sobre pés e mãos apretejados. Há uma coreografia ágil, todos limpam a praia no braço. As antenas invisíveis de cada um roçam as do vizinho como um aperto de mão, a firmar um acordo vitalício, estou contigo, vamos salvar nossa casa, vamos proteger o mar, cuidar dos animais, tratar uns dos outros, mãos, luvas, baldes, gestos, negros, visco, quer apostar que eu ganho de você, papai? Minhas perninhas curtas com tênis e vestido rompiam a barreira dos meus quatro anos de idade, o sorriso de meu pai rompia a fronteira da felicidade. Ele comemorava algo. Olhos apertados, raiva, sol, Quinho lavando os pés com água doce, vestindo a todos com meias, na ausência de botas; tentamos nos precaver, o sol baixou, os tratores da comunidade se atracaram na areia, onde cada um deixava sua cota de petróleo dentro das embalagens determinadas. A mão de meu pai na fivela do cinto. O cinto erguido ao céu e baixado à pele. Meu braço partido ao meio pela raiva. Mamãe cedendo passos para trás aos berros de seu marido. Mamãe fechando a porta. Eu solitária no escritório de meu pai, exposta à raiva de um homem enlouquecido. A janela aberta exibia uma das últimas noites estreladas. Na primeira cintada, as estrelas se embaralharam, inundaram meus olhos feito areia a deixar tudo ardendo. Na segunda, correram para a ponta da minha testa e ali latejaram. Na terceira, rasgaram a pele. Na quarta, viraram vermelhas e, na quinta, sangraram. Na sexta, eu tinha descoberto o som das estrelas e, com a sétima, nasceram em nebulosa. Meu grito pariu a galáxia que corria no intervalo da janela aberta à minha frente. Olhei para meu pai. Ele não olhava para nada. As estrelas contadas uma a uma, par a par com minhas feridas, existiam mais do que ele, mais do que eu para ele, que estava preso em algo, um universo dele, secreto, seu passado. Eu perdi os sons, o meu choro alcançou a falta de ar, e meus pulmões obstinaram-se em voltar a respirar, como se fossem um coração emprestado para me salvar. Restei cansada a apanhar de um homem incansável que batia em algo que não era eu, mas minha carne, bife, trauma ensanguentado. Não gritei com a oitava cintada e estrela. Sabia que ele pararia em algum número redondo, nunca suportou o caos. Torci pelo dez, mas logo veio o onze. As estrelas estavam disponíveis para serem contadas até o infinito. Misturaram-se às minhas lágrimas, que multiplicaram as estrelas no embaçamento da vista. Treze, quatorze, negro e luz, quinze, dezesseis, vastidão e casa, dezessete, dezoito, eu e ele, mundo, céu, o branco molhado, distorcido, amalgamou as estrelas em uma faixa branca, avistei a Via Láctea, o leite que mamãe fervia todas as manhãs, as bolhas em ebulição, minha pele despejava líquido de dor, estrelas, branco, pareciam nuvens, asas, tentei agarrá-las, pensei que podiam me levar com elas, dezenove estrelas me buscaram no escritório e me carregaram na cauda de um cometa, era lindo o céu que encontrei no parapeito da janela junto com a vigésima cintada, quando meu pai – meu deus! Não me deixou cair – me arrancou dali com força, não sei como dei um coice em sua barriga e rosto e corri, corri na corrida com meu pai com quatro anos de idade, corri para o palco com seis, corri para a janela, iria para o céu com as estrelas, ele caiu no chão, correu e me agarrou pelo braço com força – culpa – despertamento e me puxou caindo comigo, me lançando para o chão. As vinte estrelas ficaram firmes longe de mim, corri dele e vi minha mãe chorando encolhida para sempre, até hoje, nunca mais se levantou. Corri da internação quando meu pai de novo me arrancou da beira da morte e disse ao médico para me deixar livre, que ele me manteria viva. Corri de casa. Corri até a praia. Muitos mergulham, uns tantos caminham na beira das águas. Perdem a noção da fome e sede, quando são chamados para descansar por agentes que lhe oferecem nutrição e são rendidos por uma nova leva de moradores dispostos a salvar o mar. Alguém chega com um saco de óculos de sol e distribui para cada um dos trabalhadores. Mamãe atrás da porta entreaberta, seu punho a ocupar o vazio da boca, a amordaçar seu choro, era uma criança apavorada. O médico chega com mais dois enfermeiros em uma lancha rápida e anuncia seu plantão para quem sentir náuseas, queimaduras e irritação. Ficará ali até todos estarem seguros. Papai estava desamparado. Dito se aproximou para me fazer vestir meias também. Ajoelhou-se a meus pés: "Segura nos meus ombros, linda". Ofereci-lhe meu pé. Despejou água de uma garrafa plástica e enxugou com um pano. Primeiro envolveu todo o membro, depois tocou a ponta, limpou entre os dedos. Vestiu o pé direito com uma meia vermelha e o esquerdo encerrou em uma branca. Ali do chão me encarou. Eu estava protegida. Estávamos juntos. Todos protegidos e abandonados. Ajoelhei para alcançá-lo. Em seus olhos cabiam o mar, a decepção, a raiva, o desespero, a fúria, o amor, a ternura, a brincadeira, a aventura, o compromisso. O Universo. O vermelho começou a tomar o céu, anunciando a descida do Sol. Os tratores já estavam cheios. Foi no braço. No braço, limpamos o mar. O braço quebrado. O braço erguido. O braço que bate. O braço que luta. Braço que protege, braço que salva, braço meu, nosso. O Sol quando começa a baixar ganha velocidade. Na catequese, escutei a parábola do menino filho de um filósofo criado sem Deus em um sítio isolado. Um dia, esse garoto diz ao pai que descobriu que quem tinha criado tudo era o Sol. A moral religiosa da história era a de que ninguém vive sem um Criador, o menino teria encontrado Deus no Sol. Na minha frente, vi o Sol tingir o céu e o homem tingir o mar. Na ausência de sentido, a nomeação de Deus é a pá de cal sobre as perguntas angustiantes sobre o desconhecido. Crer em Deus para suportar a vastidão. Ali eu via as diferentes fés sustentando a fé na humanidade. A crença em nós mesmos e o testemunho comum do mistério. Semanas ou meses depois, quando o governo finalmente mandou alguns adolescentes do exército para auxiliar, nosso povo soube ensinar a eles o que deveria ser feito. Vinham de uma terra distante do litoral. Foi no braço. Nosso braço. Joelma voltou com informações:

"Não teremos ajuda. Fecharam os órgãos responsáveis, aquele onde Quinho fez treinamento. Não vai vir ninguém".

-

"Não vai vir ninguém. Não consegui falar na prefeitura, mas nas praias vizinhas já começou há alguns dias e não conseguiram mover nenhum responsável. Fecharam as comissões que estudavam e trabalhavam nisso em abril deste ano. Não tem ajuda do governo. Mandaram carta para os jornais e ninguém respondeu. Vão aparecer quando chegar nas praias com resort, onde os ricos passam férias e ganham dinheiro. Porque vai chegar, pelo que falaram das outras comunidades, começou no alto e está descendo o litoral."

Quinho cresceu e ficou maior do que os coqueiros, sua voz parecia amplificada, estafado, convicto, desabafou:

"O óleo está ali, entrando agora no mar. E daqui a três meses? E daqui a seis? O marisco vai estar poluído? A gente vai morrer por causa do marisco? A gente podendo conter o óleo agora! Hoje eu tirei quase duas toneladas de óleo. O trabalho de areia não está sendo suficiente. Não está não, minha gente, esse trabalho é o último. O trabalho primeiro é lá no oceano. Tem que agir agora, quem é do órgão ambiental. Isso aqui podia ser evitado, contendo esse sangramento lá no alto-mar, com barreiras de contenção absorventes. E esse material está entrando pouco com a maré pequena. Imagina com a maré alta. A maré está enchendo. A gente precisa de mais equipamento. O pessoal precisa ser remunerado, o pessoal vai passar necessidade, os pescadores."

Andava de um lado ao outro, enquanto o Sol descia ao mar no outro lado da ilha. Às costas do comandante, o céu mudava de cor, vermelho, roxo, azul, negro, prateado. A noite tomou a praia.

Há um descanso entre a partida do Sol e a chegada da Lua. Um escuro entre os tempos. As pessoas na praia se tornam azuladas, a areia esverdeada, o mar enegrecido, a mata mais preta que a palavra preto. No mar as canoas coloridas acinzentam. Alcançamos o momento da espera, o suspense tedioso do porvir. Primeiro chega a luz. Um ponto, que é ao mesmo tempo linha, insurge branco no horizonte, erguendo-se no centro da água. Essa iluminação se dispersa feito gás, num semicírculo claro na escuridão do céu. As pessoas se mexem, reconhecendo quem nasce. Está acontecendo. Enxergamos o escalpo dela, nu e alvo. Cada um se acomoda, e o silêncio impera, os sons ventam. Ela sobe, e vemos a Meia Lua sobre o oceano. Amarela. O parto demora a começar, mas o ser nasce. Com agilidade a Meia Lua se torna inteira e alcançamos o êxtase, seria uma divindade, que fura o céu? Redonda, com manchas azuis em um laranja forte, corre para o alto. Uma mulher translúcida de vestidos mil sobe aos céus. As águas correm com ela, os barquinhos se desencontram do mar, que foge hipnotizado, como se fosse um ralo aberto que atrai nossa casa para o outro lado do mundo. Restamos na areia úmida com saudades do mar que manda recados pelo barulho das ondas distantes. A Mulher Lua voa, paira no infinito escuro e acorda as estrelas, prateia a praia e as gentes.

Os motoristas dos tratores anunciaram que levariam o óleo para a porta da prefeitura, foram aplaudidos com ênfase. As mães começaram a chamar os filhos para o banho, baldes, pás, rodos, bacias, luvas foram recolhidas pelos trabalhadores do bar do Zé. "Daqui a algumas horas voltem, vamos lavar tudo para o trabalho da madrugada". João voltou com a tartaruga filhote em um aquário improvisado, deu aos motoristas para procurarem um lugar para ela. Joelma abraçou Quinho, e os dois assistiram o movimento da Lua no céu. Dito me deu um susto com luvas de cores diferentes. "Ganhei!", eu gritava ao chegar primeiro em casa, na frente de meu pai. Pulava esbaforida, com mãos pequenas e rechonchudas tirava o cabelo do rosto e juntava os dedinhos em comemoração. Corria com as pernas abertas, pés de pato, o que minha mãe achava lindo. Eles diziam que eu era uma passarinha. Eu vencia sempre a corrida. Com quatro anos de idade, contra um homem de trinta e tanto. Ele me deixava vencer para ver minha alegria. Saltava contente, gargalhava alto, contava à minha mãe. Meus pais viviam assustados ao ver um outro alguém tão de perto. Papai em sua incapacidade de ter contato com a própria história, a sustentar em gestos seus mudos pedidos de desculpas. Mamãe, incapaz de romper o círculo vicioso da melancolia, enclausurada na culpa, enlouqueceu. Eles fizeram o seu melhor. A Lua alcançou o centro do céu tomado de estrelas, que rasgavam o breu em pontos de luz. Eram tantas que tingiam o preto como faixas brancas. Papai me chamava para olhar o céu no telescópio. Foi isso! Eu quis ser física para perdoar meu pai, homem de ciência, que me ensinou que poderíamos encontrar a explicação de tudo, ou seguir perseguindo. Quis entender por que a água é transparente, por que evapora no fogo, por que congela a zero graus, por que tem uma camada elétrica na superfície, por que chove, por que choramos, por que tudo se transforma, por que temos densidade, velocidade, espessura, tempo, espaço, porque amamos, porque viemos das estrelas. Dito me abraçou pelas costas, me deu um beijo na nuca e deixou sua respiração em minhas orelhas. Seus braços me contornavam e o ar de seu pulmão embalava o meu. Chorei a morte do mar. A minha. A saudade. Chorei a dor que busquei, a dor, que conheci como família. Dito me ofereceu a pele, espalhou-se e me acolheu, fazendo com que tudo de mim se tornasse um abraço. A diferença entre dor e prazer é a pele. Ou o desejo. Sem uma casca somos carne viva, sentimos tudo em demasia, rompemos o limite do prazer e só nos restam a fúria e a violência para afastar a todos por um pouco de paz. Os fios de cabelo que eu contava no chão da clínica eram a distribuição do meu lado de dentro pelo lado de fora. Tão difícil diferenciar um do outro. Dito empalmou o peito em minhas costas como um cobertor. Nossas pernas misturaram algodão, jeans, areia, óleo, pele. Seu rosto se colou ao meu. Meus braços agarraram os seus e nossas mãos se cruzaram, os dedos grudados, indiferenciáveis, multiplicados, caranguejos brotando do corpo. Estávamos inteiros, distintos, unidos, selados, céu – mar – horizonte.

Oceano

A morte acabou.

O mar é um resto do céu que caiu na Terra. Roubamos seu fôlego, despejamos sobre ele o intestino do mundo. O valioso líquido que arrancamos do labirinto subterrâneo do planeta. Relembro o gosto do ar com pulmões secos. Inundo de céu. Não sei o que será de mim, de nós. Disso arranco a esperança.

Se eu tiver que morrer, vou morrer pela vida.

Pensava que a morte seria um espelho d'água de fundo infinito. Vovó dizia que os espelhos roubavam nossa alma. Eu perguntava a ela: "Como ter certeza se estou do lado de cá ou de lá?". Esta é a minha dúvida agora. Na ponta dos meus dedos está o calor de Dito. Há quanto tempo estamos assim? O que estou esperando? Quando paro de respirar?

A morte sem Deus é uma experiência do passado. Não há futuro após a morte para um ateu. Na última conversa que tive com Elis, ela me disse que conseguia entender o futuro, mas, o passado, ela não conseguia saber o que era. Respondi que "o passado é o que já aconteceu. É o ontem. O ontem de ontem. Os sonhos que temos à noite". Seus olhos encaravam um ao outro quando estava aprendendo alguma coisa nova. Comentou: "Então o passado é quando eu era bem pequenininha?", medindo com os braços o tamanho de um neném. Seguiu: "O passado é quando eu tive um cachorrinho, que morreu antes de eu nascer".

O calor nos meus dedos está pesado. Uma pedra cai em minha mão. Me agarra feito um bebê que segura tudo. É um bebê aqui. Um bebê velho. Se agita feito um chocalho. Produz um zumbido. "Zzz", quero escutar, "Ezzz", quero decifrar, "Ezu", quero entender. "Ezus, Ezuz, ezus", é minha avó! "Jesus, Jesus, Jesus..." "Vó, vó...", "Jesus, Jesus", "Vó", "Mamãe?" Olhamos, eu e minha avó. "Mamãe?"

Mamãe jovem, gorda, de óculos no rosto e permanente no cabelo. Bochechas rosadas e empinadas. Casaco com ombreiras de uma cor marrom-laranja, que sempre achei parecido com um doce de abóbora. No pescoço, um lenço colorido, de cores verde e rosa, em tonalidades escuras. Uma echarpe que pintei para ela. Está forte.

Vovó perdeu todas as palavras nos últimos anos de vida. Só falava: "Jesus, Jesus, Jesus...", repetidas vezes. Me intrigava uma pessoa expressar tudo com um só nome. Só atendia quando lhe chamavam "Mamãe", único som que lhe fazia buscar a origem.

Vovó não está aqui comigo. Eu não voltei no tempo para encontrar minha mãe, que já não é mais. Foi a vida que vivi que nunca me abandonou, pois está inscrita em tudo o que sou. A minha mãe, que não é mais, é ainda, pois eu sou, e o que sou é feito do que ela foi.

As mãos pesadas são as minhas, que agarram as mãos de Dito. É minha mão feito pedra sobre a sua. Somos nós a nadar nas águas intoxicadas. Dito recebe uma parcela da morte no embalo da minha. Estou indo, meu amor. Tudo o que sou está aqui.

Tua é a noite. Tua sou eu. Meu é o dia. Meu é o antes. Nosso é o sempre. Nunca. Agora. Ainda.

A visita da saúde. Mamãe tinha medo da lucidez que antecede o instante da partida. Em meio a alucinações, encontramos sobriedade. É a última mirada para trás antes da curva. O ponto mais alto da onda antes dela quebrar, o dia mais frio do inverno antes da primavera. Ascensão e declínio no mesmo ponto.

Sou eu quem narro, não tu, herdeiro da vida. A ti, a invenção.

O luto nunca cessa.

Há sempre um vestígio da morte.

O buraco da ausência não se fecha.

O que é o luto, afinal, se a perda é irreversível?

Experiência do tempo? A ausência ergue a memória. As lembranças se tornam vívidas e, de alguma forma, o passado se faz presente e é possível viver a loucura de mudar o que já aconteceu. Perdoar alguém que nunca se desculpou, por tantas vezes reviver a mesma cena. A cena regurgitante e repetitiva, o contínuo do que não se encerrou. Não passa. O luto não passa.

Seguimos em frente sem entender a morte. Não substituímos o morto. Nos acostumamos com a perda? O dia a dia inunda o buraco e sofremos o afogamento do cotidiano, com nariz e boca para fora da água, num esforço de entortar a cabeça, já submersa no tique-taque diário. Não há fôlego, só o nariz insistente em respirar.

Além disso, sonhamos. Os sonhos trazem vassoura e balde com sabão para fazer a faxina da casa onde o vivo nasceu como morto. A casa suja, com cheiro de podre, cheia de doença nas frestas do assoalho. Os sonhos vão esfregando o chão. Recompõem o morto. Até os colocam de pé, corados, falantes.

Meu pescoço se abre em guelras. Da minha pele brotam escamas. Minhas pernas se fundem em uma calda. Meus amigos saltam e exibem seu ser do mar, que se alegra com o cardume que baila nas águas. Nós.

Estão imersos comigo. É de sua natureza, morrer a nado. Este momento não se separa da vida. Em nossa terra, o mar é mulher. Minhas escamas se soltam da pele e colorem a água com brilhos. São fitas luminosas que dançam com a brisa. Na hora da morte, venta. Há um sopro sonoro, um suspense quieto. Quando? As faixas se rasgam e caem sobre o fundo feito estrelas. Aqui já não há som. Nem ar. Tudo é silêncio. As estrelas se esfarelam e se misturam com a areia. Racham-se. Tornam-se sal. Tudo se espalha e flutua. Sou água e sal.

Agradecimentos

Eu não escrevi este livro sozinha. Começou com a minha mãe, Maria Aparecida, me contando histórias todos os dias antes de dormir. Havia duas categorias: as "histórias contadas" (os contos de repertório comum, história oral, causos de sua cidade natal, cultura popular, contos de fada, narrativas de outros escritores) e as "histórias inventadas" (criações de minha mãe, feitas no improviso). Ela me ensinou que tudo poderia ser fabulado.

Continuou com minha madrinha, Tia Maria Alice, que me ensinava a apreciar poesia, música e filmes em todas as visitas. Foi com ela que escutei pela primeira vez "Fado tropical", de Chico Buarque. Estávamos no escritório de sua casa, ela escrevendo no computador e eu sentada na poltrona, talvez lendo algo. Colocou a música e eu ouvi o verso de Fernando Pessoa sendo cantado: "Ó mar salgado, quanto de teu sal, são lágrimas de Portugal". Foi esta linha que circulou dentro de mim na busca pelo título deste livro. Buscava nomear este fenômeno: somos mar por dentro, deixamos nossa água e sal escapar em lágrimas e suor. Eu queria encontrar um jeito de falar desse susto que vivi, ao perceber que o mar é como a lágrima.

Insisti no poeta português e me vi repetindo em voz alta a frase que se esvaziou de tão repetida: "Quem quer passar o bojador, tem que passar além da dor". O encontro dos dois versos nomeou: Rebentação. É esse o nome da história que quero contar.

História essa que também vem sendo tecida por minhas amigas de infância, em tudo o que sou, porque escrever é como brincar. Em tardes de brincadeiras de bandeirinha, corrida, elefantinho colorido, Jogo da Vida, Banco Imobiliário, Detetive, Gato Mia, dança, teatro, boneca, aventuras de bicicleta, invasão de casas em construção, pomar de amora e jardins diversos, esse livro estava sendo criado. Ali, entre os lanches da tarde e bolos feitos com capricho por minha mãe. Em todos esses dias este livro estava sendo contado. Obrigada Bia e Larissa e, especialmente, Luisa e Anaiza, e Kel (que chegou com as novas aventuras, dos primeiros amores e transgressões).

O primeiro capítulo desta narrativa começou a ser escrito com minha amiga Natália Keiko. Com quem assisti o nascimento da Lua cheia no mar, na praia de Moreré. Sentadas sobre uma canoa que descansava na areia, aguardando a volta da maré no dia seguinte, acompanhamos em silêncio o astro erguer-se do meio da água. Fomos marcadas por aquilo. Um caminho sem volta. Conhecemos a beleza e ela se imprimiu em nossas vidas. Essa imagem me impactou de modo tão forte que eu humanizei Lua e Mar, como se fosse um jeito de me aproximar daquela experiência. Foi naquele instante que eu visualizei a imagem de uma mulher que morre no mar, e vai com ele, até desaparecer.

Essa história me rondou por anos. Foi despejada no papel quando o petróleo foi despejado no mar do Nordeste em 2019. Tanto descaso daquele governo, voracidade predatória sobre a natureza, vista como pedras preciosas a serem enfiadas no bolso, me colocou com caneta na mão a testemunhar um tempo que corria e envelhecia as notícias sem que pudéssemos entender o desamparo ao qual vimos sendo entregues. Quis parar as notícias. Quis pegar uma delas na mão para não naturalizar uma presidência que produz noite durante o dia de tanto incendiar a floresta. A resposta comunitária das populações litorâneas a limpar o mar no braço me comoveu. Em meio a uma infinitude de relatos de barbáries cotidianas, ali eu vi solidariedade. Foi minha fonte de esperança. Povos que cuidaram de sua casa, invadida pela ganância. Essa história foi escrita pelo menino Everton Miguel dos Anjos, que estampou noticiários pelo mundo com a foto de seu corpo todo coberto de óleo. Quis homenagear este menino com o personagem de João. Este romance também foi escrito por Vandécio Sebastião Santana, pernambucano que disse em voz alta como conter a tragédia e não foi ouvido pelo poder público. As suas palavras, disponíveis em vídeos na internet, foram a inspiração direta para as falas de Quinho no último capítulo, "Universo". Essa história foi escrita por diversas comunidades de pescadores. Mesmo por aqueles que já não pescam mais e vivem do turismo. Foi escrita pelas comunidades de Moreré, Cova da Onça e Quilombo de Monte Alegre, na Ilha de Boipeba – Bahia. Gente que todo dia enfrenta o desejo de uma elite que quer comprar para si praias inteiras e reduzi-las a resorts. Ali me receberam e comigo tiveram a generosidade de compartilhar suas vidas. Léo, Kinho, André, Nise, Tica Tica, Jaque, Zé, Érika, Arthur, Nani, Palito, Paixão, Lau, Peu, Juan, Bruna, Giba, Horácio, Henrique, Berimbau: obrigada.

Essa história foi escrita pelas comunidades originárias de Ubatuba, São Paulo. Território que construiu em mim a ideia de mar, lugar em que o conheci. Foi onde vivi a surpresa do gosto salgado e da força das ondas. Ali me sentei com pescadores da Comunidade da Praia do Peres e aprendi. Mara, Dara, Dênis, Ivan: obrigada.

Essa mesma baía me acolheu na Praia da Lagoinha em outro ramo de composição deste livro, a saber, a travessia pandêmica. Sobrevivi em companhia da família Musetti, cada um a sua maneira, no dia a dia dos tempos desconhecidos. Luiza, ao lado de seu companheiro, construiu uma casa há mais de cinquenta anos e fez dessa casa personagem vívida dos melhores momentos de geração após geração. Com gentileza me recebeu e proporcionou um teto que foi aconchego para que a manufatura desse livro fosse possível. Com a vivacidade que irradiava, ao encontrá-la me deparei com uma mulher eterna. Em 2024 tornou-se lembrança e saudade, presença que compõe o mistério investigado neste livro. Através dela, estendo o agradecimento a toda a família.

O que conto nessas páginas nunca teve fim. O medo do mar se acabar foi narrado pelas comunidades de Juquehy e Vila Baiana (também chamada de Vila Sahy) – São Sebastião/SP, quando enfrentaram o desmoronamento do morro na ocasião das enchentes no Carnaval de 2023. Com um coletivo, fui ao seu encontro e com eles mergulhei em suas histórias.

Também venho escrevendo este texto há tempos, ouvindo meu pai, Francisco, falar sobre Física e vendo aquele desgoverno desprezar a ciência. Uma protagonista cientista foi minha forma de enfrentamento ao elogio à ignorância. É sempre tempo de agradecer ao meu pai, que me ensinou "a carregar a cruz com classe".

Escrevo tudo isso também junto com Felipe, a quem finalmente deixei que me amasse. Era preciso falar de amor em tempos de guerra. Com ele, essa narrativa nunca se esgota, através de suas falas diárias de saudades das ondas. É com ele que acordo na noite escura, para ver o sol nascer na estrada e dormir na praia, tendo a brisa do mar como cafuné. Juntos pensamos o futuro e nos fazemos companhia no sonho de mudar o mundo e na luta por uma revolução.

E sem dúvida, essas palavras foram sendo colocadas uma após a outra no papel com meus amigos escritores, com os quais compartilhei textos e recebi significativas orientações. Aos amigos e professores da pós-graduação do Instituto Vera Cruz, muito obrigada. Agradeço ao Roberto Taddei por ter enxergado, ao fundo do quadradinho da tela nas aulas online, um pedaço da parede da casa de praia que me abrigava e o atingiu com ternura. Agradeço por esse olhar estendido aos nossos textos, por enxergar o que está fora de foco e dedicar atenção a isso. Agradeço o entusiasmo com a singularidade de cada um e a exigência de nada menos do que isso. Ao Bruno Zeni, por ir conosco até onde nos leva nossa caneta. Gabi Aguerre e Julián Fuks por terem lido este trabalho. E aos fofos companheiros de embarcação, Alexandre, Ana, Débora, Fernando, Isay, Jean, Luciana, Nathalie, Nataly, Paloma, Ricardo, e Thiago, por tecerem o afeto da coragem no compartilhamento dos medos.

Esse texto continuou a ser escrito pelos leitores generosos que receberam esse material e devolveram impressões: Panda, sempre irmão, Tia Maria Alice e Kel, mais uma vez, Tio Paulo e Júlio: obrigada. Marina Ansaneli, a menina que vi tornar-se física e teve a generosidade de corrigir os trechos de ciência deste livro. Ao Tom Hamburger, que compartilhou comigo os poemas de sua avó, Amélia Hamburger, física de relevância na história da ciência brasileira. E aos amigos de invenções, que acreditam e estimulam minhas bagunças e toparam ler em roda, em voz alta, as palavras acima vividas, Julia Fatio e Paula Furlan, o fio de continuidade desses encontros e dos meus dias, Vinicius Lopes, Carolina Coronato, Vitor Barão, Mariana Angelini, Gabi Hipólito, Paula Rojas, Marjorie Khouri, meu irmão Bruno Conde, Catarina Pires, Melina Cavalcante, Silvia Bicudo; e Natália Keiko e Felipe, mais uma vez. Também se fizeram presentes nesses encontros interlocutores gentis, que a todo tempo se interessam por ser parte de minhas ousadias, os amigos Manuela Crissiuma, Lucas Marujo, Helena Canto Gusso, Ana Gebrim e Luís Felipe Martinez – Martina. Quando olhar nos olhos do futuro pode nos tornar de pedra, é olhando nos olhos dos amigos que me refaço enquanto gente. A amizade é minha insistência em viver o amor pela humanidade.

Além de todos esses, também digitou estas páginas minha cunhada-amiga-prima Alice Musetti, com quem vivi momentos emblemáticos em tempos de pandemia, sendo um deles a leitura deste livro em uma chamada de vídeo, na qual ela me dava o retorno de correções apontadas em uma cópia impressa. Agradeço ainda ao Mário Santin Frugiuele, amigo disponível, com olhar editorial sensível, que se dedicou ao que essa narrativa tinha de possibilidade de crescimento. E, por último, ao Bruno Zeni, mais uma vez, editor desse livro, a jangada que sai pro mar com este texto.

Finalmente, às crianças que sopram o futuro sobre a poeira do cotidiano, que escutam histórias, aprendem a nadar, e criam uma forma nova de viver, Lorena, Samuca, Miguel e Heloísa: obrigada.

Por fim, agradeço aos escritores que povoaram minha vida com suas dores e me fizeram acreditar na possibilidade de fazer do mundo um lugar mais confortável para os tristes.

Renata Conde é escritora e psicanalista. Formada em Psicologia pela Universidade de São Paulo, fez a pós-graduação em Formação de Escritores no Instituto Vera Cruz, onde parte deste livro foi elaborado. *Rebentação* é seu primeiro romance.

Edição e revisão Bruno Zeni
Capa e projeto gráfico Sílvia Nastari
Diagramação Rafael Marcon

Imagem de capa © FreedomMaster /Istock

Dados Internacionais de Catalogação na Publicação (CIP)
(Laura Emilia da Silva Siqueira CRB 8-8127)

Conde, Renata.
Rebentação / Renata Conde; capa e projeto gráfico, Sílvia Nastari.
1ª ed. – São Paulo: Editora Quelônio, 2025. 184 pp.; 13 x 20 cm.

ISBN 978-65-87790-92-3

1. Ficção: Literatura brasileira 2. Literatura brasileira: romance
I. Conde, Renata. II. Nastari, Sílvia.

13-20251 CDD 869.93

Índices para catálogo sistemático:
1. Ficção: Literatura brasileira
2. Literatura brasileira: romance
869.93

Editora Quelônio
Rua Venâncio Aires, 1072
Vila Pompeia / São Paulo - SP
CEP 05024-030
www.quelonio.com.br

Fontes Adelle Sans e Minion Pro
Impressão Rettec
Papéis Pólen Bold 90g/m² e
Cartão LD 250g/m²
Tiragem 500 exemplares
São Paulo, janeiro de 2025